Nom de code : Black Bird

1

Cours ou meurs

Anna Carey a suivi des études de création littéraire à l'Université de New York et au Brooklyn College. Elle vit aujourd'hui à Los Angeles où elle se consacre à l'écriture de romans pour jeunes adultes. Elle adore les miniatures, le vent que génèrent les rames du métro, les marchés aux puces, les ardoises en forme de silhouette, les concours de danse, une boisson à base de limonade et de thé glacé, les pièges à doigts chinois, et chanter à pleins poumons dans sa voiture. Elle déteste les centimes, les tickets de caisse et le thon.

Pour Kev

Illustration de couverture : studio Bayard Éditions

Ouvrage originellement publié par HarperTeen,
un département de HarperCollins Publishers (New York, États-Unis),
sous le titre : *Blackbird*.

18, rue Barbès – 92128 Montrouge
Publié avec l'accord de Rights People (Londres, Grande-Bretagne)
Première édition
ISBN : 978-2-7470-5322-8
Dépôt légal : avril 2015

Anna Carey

Nom de code : Black Bird

1

Cours ou meurs

Traduit de l'anglais (États-Unis)
par Éric Moreau

bayard

17 octobre 2014

À Coney Island, tôt dimanche matin, la police a découvert le cadavre d'une jeune femme blanche tuée par balle. Sa main droite, sectionnée au poignet, n'a pas été retrouvée. La victime, qui avait entre dix-huit et vingt-deux ans, n'a pas encore été identifiée.

1

Le soleil s'est couché depuis une heure sur la ville tentaculaire, et pourtant le métro garde sa chaleur. À la station Vermont-Sunset, une Asiatique à qui la frange noire donne un air sévère se penche au bord du quai afin de voir si la rame approche. Sous une affiche publicitaire pour une émission de télévision, un groupe de lycéens attend. Ils s'échangent leurs écouteurs d'iPod et discutent d'un certain Kool-Aid. Celui-ci organise une fête ce week-end dans le quartier d'Echo Park, profitant de l'absence de ses parents partis aider sa sœur aînée à emménager dans une université de Californie.

Tu n'entends pas les jeunes rire. Ils ne te voient pas, allongée sur la voie là où le tunnel disparaît dans l'obscurité. Ce sont les vibrations qui finissent par te réveiller – tes paupières s'ouvrent lentement, tu distingues le plafond voûté. Tu as le crâne comme dans un étau. Tu es couchée sur le dos, entre les rails, parmi les papiers de bonbons et les vieux journaux.

Le klaxon hurle. Un faisceau lumineux embrase le mur couvert de carrelage. Tu relèves la tête, colles ton menton à ta poitrine, mais ton corps est lourd. Tu ne sens pas tes jambes, et tu peines à faire pivoter tes hanches, à bouger tout court, malgré tes efforts pour te glisser dans l'espace étroit situé sous le quai. Tu retombes en arrière, épuisée. Soudain, le métro débouche du tunnel et t'inonde de lumière.

Le conducteur t'a vue. Les crissements des freins se font plus aigus, plus stridents. Mais il est trop tard. Tu le comprends au moment où vos regards se croisent. La machine te fonce dessus à toute vitesse. Tu n'as qu'une solution. Tu te rallonges, les bras croisés.

Trois, deux, un. D'abord, tout n'est que vacarme, le grincement des roues sur les rails métalliques, la bourrasque qui déferle sur toi. Le souffle du métro ébouriffe tes cheveux. Tu fixes le châssis, enchevêtrement d'acier, de tubes et de câbles. L'odeur te brûle les poumons. Lorsque la rame s'immobilise enfin, il te faut quelques secondes pour t'en rendre compte : tu es toujours étendue là, quelques centimètres au-dessous du train. Tu es toujours en vie.

Sur le quai, tandis que le conducteur descend de sa cabine, la femme à la frange n'en croit pas ses yeux. Son visage est inondé de larmes.

– Il y a une fille, là-dessous ! hurle-t-elle d'une voix rauque. Vous n'avez pas vu... ? Il y a une fille !

Le conducteur n'a qu'une pensée :

« Elle était allongée, elle ne pouvait pas bouger, que faisait-elle là ? »

En vingt-six ans de métier, c'est le huitième voyageur qu'il voit passer sous ses roues, mais les précédents étaient différents. Certains étaient restés debout devant lui, d'autres s'étaient jetés en travers des voies, d'autres encore avaient chuté et tentaient de remonter. Elle, elle était seulement couchée entre deux rails.

« Très bizarre, songe-t-il. Comme si on l'avait abandonnée ici. »

Tu entends la femme s'époumoner. Sa voix déraille. Un homme cherche à la réconforter. Des ombres se déplacent dans l'interstice qui sépare le métro du bord du quai. Une sonnerie retentit, des gens se pressent, on s'interroge.

– Je vais bien, cries-tu.

Ta voix te surprend. Elle est fluette et haletante, comme celle d'un enfant.

En surface, un homme répète ta phrase :

– Elle va bien !

Après s'être frayé un chemin à travers la foule, il se penche au-dessus de toi.

Ensuite, c'est la voix du conducteur qui te parvient :

– Tu es blessée ?

À première vue, à la façon dont ça dégouline sur ton avant-bras et imbibe ton tee-shirt, on dirait du pétrole. Le sang est foncé, presque noir. Mais tu ne ressens aucune douleur, juste une sensation de brûlure, comme si tu étais collée à un radiateur.

– Je vais bien, insistes-tu.

L'entaille mesure dix centimètres au maximum. Elle ne semble pas très profonde.

Le conducteur discute avec un collègue pour déterminer s'il faut faire reculer le métro. Ils contactent leur central par radio afin de demander un autre avis, pendant que la femme asiatique appelle les urgences et décrit avec agitation le calvaire que tu endures. On va envoyer des secours. Elle reste en ligne, répète son récit.

Tu as l'impression que tu es piégée là pour toujours. Contempler le dessous du train te donne envie de hurler. Au lieu de ça, tu fermes les yeux, tu plaques les bras contre ton corps, tu te recroquevilles pour être moins à l'étroit. Instinctivement, tu ralentis tes inspirations, tu les comptes, tu ne relâches qu'un mince filet d'air entre tes lèvres à peine écartées.

Au bout d'un moment, on entend la sirène d'une ambulance, des secouristes qui accourent sur le quai. Puis ils crient des ordres, t'expliquent où placer tes bras, tes jambes, comme si tu allais oser bouger. Finalement, le train se retire : les voitures défilent jusqu'à ce qu'il n'y ait plus rien au-dessus de toi. Tu sens de nouveau tes jambes. Tu parviens à te redresser sur les fesses, mais deux hommes en uniforme sautent sur la voie avec une civière, sur laquelle ils t'allongent. C'est seulement alors que tu remarques le sac à dos noir à tes pieds. Ses bretelles sont empêtrées dans tes chevilles.

– Qu'est-ce qui s'est passé ? Comment tu t'es retrouvée là ? demande un des secouristes.

Tu jettes un coup d'œil à ta tenue vestimentaire, tu ne reconnais pas ton corps. Ton tee-shirt est imprégné de sang. Tu portes un jean et des chaussures neuves. Les lacets sont d'un blanc immaculé.

– Je ne sais pas, réponds-tu, incapable de déterminer l'heure qu'il est ou le jour de la semaine, de te remémorer le moindre détail de ta vie.

Seul ce moment existe.

– Tu ne sais pas ?

L'autre infirmier est un homme petit et râblé, au bras droit couvert de tatouages. À la vue des deux crânes autour desquels s'enroulent des roses, une sensation t'envahit. Est-ce de la tristesse, de la mélancolie ?

Ils hissent la civière sur le quai, puis l'un d'eux sort des objets de sa mallette.

– Je n'ai rien, répètes-tu, en regardant l'escalier roulant qui se trouve à quelques mètres.

C'est la seule issue.

Un secouriste braque une lampe de poche vers tes yeux, puis dans ta bouche. Tu t'assois, descends du brancard en te tortillant et poses les pieds sur le ciment.

– Je n'ai pas besoin d'aide, affirmes-tu. Je n'ai rien.

– C'est ce qu'on va voir, rétorque l'infirmier. Comment tu t'appelles ?

Un attroupement s'est formé autour de toi et tu entends presque le souffle des curieux qui attendent ta réponse. Tu as beau te creuser la cervelle, aucune ne te vient. Faute de mieux, tu ouvres ton sac à dos et fais semblant de savoir ce qu'il contient.

Eau et nourriture dans des sachets fraîcheur en aluminium, un tee-shirt de rechange, un canif rouge, ainsi qu'un tas d'objets enfouis plus profondément. Machinalement, tu t'empares d'un petit carnet noir auquel est fixé un stylo. On a scotché une pièce de vingt-cinq cents sur la première page. Dessous, il est écrit :

Ne contacte pas la police. Quand tu seras seule, appelle le 818-555-1748.

Tu te lèves, contournes les secouristes stupéfaits, passes devant la foule et t'enfonces dans la station étouffante.

– Tu ne peux pas t'en aller comme ça, déclare le premier infirmier. Reviens. Retenez-la, elle n'a pas les idées claires.

Tu franchis le tourniquet. Encore étourdie, tu montes l'escalator. Tu n'aperçois pas le bout des marches. Tu cours, quelques personnes t'interpellent, un inconnu te suit, crie que tu dois te reposer.

– Ne pars pas. Attends ! Reste là.

Le temps presse. Lorsque tu sors enfin, des voitures de police arrivent au carrefour et se garent le long du trottoir. Tu balaies le croisement d'un bref regard. Des plaques de rue indiquent les noms *Sunset* et *Vermont*. Tu vois des immeubles de bureaux, des sandwicheries, des kiosques à smoothies. Quelle direction prendre ? Tu as besoin de réfléchir, de comprendre pourquoi tu es là. Tu dois appeler le numéro inscrit dans le carnet.

Tu te retournes ; le secouriste tatoué est en train de parler au policier. Lorsque l'agent fait quelques pas rapides vers toi, tu te décides. Tu empoignes les bretelles de ton sac et tu pars à toutes jambes.

2

Tu n'entends que ton souffle, le martèlement sourd de tes baskets sur le trottoir. Tes pas sont légers, ton dos est droit comme un I. Tu coupes par un jardin et bondis par-dessus une petite clôture de bois. Le quartier débouche sur des collines sèches, et peu à peu un panorama apparaît derrière les habitations et les arbres.

Un peu plus loin, il y a une maison. Toit de tuiles, hautes haies. La fenêtre en demi-lune de sa façade n'est pas illuminée. Apparemment, il n'y a personne.

Après avoir franchi le portail, tu repères un gros buisson fleuri. Tu te glisses dessous, le ventre plaqué contre la terre fraîche. Tu savoures ce moment de répit dans la chaleur accablante.

Une voiture de patrouille approche en roulant au pas, marque plusieurs pauses dans la rue sinueuse. Quand elle s'est éloignée, tu te tournes sur le flanc et tu remarques l'inscription sur ton poignet. La peau est encore douloureuse, une fine croûte recouvre le tatouage, qui représente un oiseau dessiné dans une case. Une série de lettres et de chiffres est imprimée dessous :

FNV02198.

Qu'est-ce que ça signifie ? Qu'est-ce que tu faisais allongée sur une voie du métro ? Pourquoi ne te rappelles-tu pas comment tu t'es retrouvée là, comment tu es arrivée dans cette station, dans cette ville ? En observant tes vêtements, tu as l'impression d'être déguisée. Ton jean n'est pas à la bonne taille, tu flottes dans ton tee-shirt, tes lacets ne sont pas serrés. Tu ne parviens pas à te défaire de la sensation désagréable que tu ne t'es pas habillée toi-même.

Un chien aboie. Quelque part, deux fillettes rient aux éclats sur une balançoire grinçante. Des voitures passent. Immobile, tu écoutes chaque bruit comme s'il constituait un indice.

« Réfléchis, te dis-tu. Rappelle-toi. »

Mais rien ne te revient. Pas un mot, pas une pensée. Aucun souvenir.

Lorsque le ciel rose s'obscurcit, tu t'extirpes de ta cachette et tu disposes le contenu de ton sac sur la pelouse, tu alignes les objets en hâte. Il y a quelques colliers de serrage en plastique, un plan de ville où l'on a dessiné une étoile au stylo noir. Des sachets fraîcheur, le tee-shirt, le carnet et le canif, une couverture et une bombe lacrymogène de couleur rouge.

Tu fouilles les dernières poches, palpes les doublures pour t'assurer qu'on n'y a rien dissimulé. Tu trouves une liasse de billets tenue par un élastique. Les mains tremblantes, tu comptes rapidement la somme. Il y a mille dollars.

Tu ouvres le carnet sur une page vierge, tu lisses le papier et notes :

Choses dont je suis certaine :
- Je suis à Los Angeles
- Je me suis réveillée sur les voies à la station Vermont-Sunset
- Je suis une fille
- J'ai de longs cheveux noirs
- J'ai un oiseau tatoué sur le poignet droit (FNV02198)
- Je suis en fuite

3

Le lendemain matin, tu quittes le jardin par un trou dans la clôture de derrière. Après dix minutes de marche dans les rues étroites, tu atteins un quartier composé de routes sans trottoir, de pelouses brûlées par le soleil, et de rares magasins. Devant un centre commercial, il y a une cabine téléphonique. Tu sors ton carnet et l'ouvres à la première page.

Tu glisses la pièce dans la fente, mais il n'y a pas de tonalité. Tu raccroches le combiné et examines les alentours, en espérant qu'il y aura un autre téléphone public un peu plus loin. Tu ne repères que la voiture de patrouille qui arrive par le côté opposé du parking. Tu es à proximité de la station de métro, et tu te demandes si on te recherche toujours. Ces policiers viennent sans doute pour quelque chose de plus important, un vol ou un accident de voiture, mais tu préfères ne prendre aucun risque. Tu te diriges vers le centre commercial, le bras posé devant ton tee-shirt pour cacher le sang.

À ton approche, les portes automatiques s'écartent. Tu remarques aussitôt l'air frais, qui sent bon la menthe. Après la chaleur de l'extérieur, c'est agréable. À ta gauche, derrière un ensemble de tables, se trouvent les WC. Tu baisses la tête et vas dans cette direction.

La porte s'ouvre à la volée et te heurte le bras. Un garçon sort, son épaule te percute violemment le nez. Tu vacilles, il te rattrape par les coudes et t'aide à garder l'équilibre.

Derrière lui, un autre adolescent émerge des toilettes et fourre quelque chose dans sa poche. En quelques secondes, il disparaît.

Ton nez est douloureux, tu as si mal que tu grimaces.

– Ce n'est rien, dis-tu, sans relever la tête.

Il ne te lâche pas. Il écarte ta main droite de ton abdomen, avec tant de douceur que tu ne résistes pas, puis il examine ton tee-shirt et l'entaille à ton bras, qui a séché et pris une couleur noir cerise.

– Tu es blessée, commente-t-il.

Ses cheveux bruns sont en bataille, des boucles tombent sur ses oreilles. Il est bronzé, le soleil a parsemé sa peau de taches de rousseur. Il t'observe, ses yeux gris parcourant ton visage comme s'il était en train de lire un livre.

– Il faut que je me nettoie, c'est tout.

Tu te libères et te faufiles dans les toilettes.

Tu ne parviens à te détendre qu'une fois le verrou tiré. Quand tu te regardes dans le miroir, tu découvres ce qu'il a vu. La terre séchée sur ton front, les bouts de feuilles mortes qui se sont pris dans tes cheveux. La tache sur ton tee-shirt est d'une couleur marron répugnante. Pour la première fois, tu examines ton reflet. Tes grands yeux foncés sont presque noirs. Tu as des pommettes saillantes et une petite bouche en forme de cœur. Ton visage ne t'évoque rien, c'est celui d'une fille que tu n'as jamais aperçue.

Lorsque tu pivotes sur le côté, tu remarques la cicatrice qui s'étire entre ton oreille droite et ta nuque. Tu passes le doigt là où ce trait rougeâtre et boursouflé disparaît sous ton col. La chair forme une drôle de ligne tortueuse et irrégulière, encore tendre par endroits. Tu te détournes, préférant ne pas imaginer ce qui t'a valu cette blessure. Ça ne vient pas du métro, en tout cas. Quand est-ce arrivé ? Comment ?

Quelques minutes te suffisent pour gratter la saleté logée sous tes ongles, enfiler le tee-shirt propre et te débarrasser des fragments de feuilles. Tu as meilleure mine, maintenant, une allure presque correcte. Tu caches ta cicatrice sous tes cheveux.

Tu ressors et parcours le supermarché du regard. Une part de toi espère que le garçon est parti, mais une autre se réjouit quand tu le vois à quelques mètres seulement, dans le rayon des cartes postales. Il se tourne vers toi, un petit sourire aux lèvres. Tu examines les alentours, en te demandant si les policiers sont entrés.

Tu t'engages dans la première allée. Personne. Tu prends une bouteille d'eau dans un rayonnage, dévisses le bouchon. Après en avoir bu la moitié, tu t'aperçois que le garçon est à côté de toi.

– Tu as l'air beaucoup plus en forme, déclare-t-il.

– Je te l'ai dit, j'avais juste besoin de me nettoyer un peu.

Tu t'écartes, avances plus loin dans l'allée, mais il te suit. Il contemple ton bras, le papier toilette pressé contre la blessure, à présent moucheté de rouge.

– Qu'est-ce qui s'est passé ? Ça va ?

– C'est moins méchant que ça en a l'air. Je vais bien, je t'assure.

– Ce n'est pas joli-joli, pourtant.

– Mon bras, c'est le cadet de mes soucis.

Tu scrutes encore le devant du magasin. Tu ne vois plus les policiers.

– Qu'est-ce que tu lui as vendu ? demandes-tu au garçon.

– Pardon ?

– Au mec des toilettes... tu lui as fourgué un truc. Du shit ? Des ecstas ? C'était quoi ?

Dans le panier qu'il balance d'une main à l'autre, deux malheureuses pommes sont ballottées à côté d'un pack de soda.

– Je ne lui ai rien vendu.

– Ben voyons...

C'est pourtant évident, car l'autre a caché son achat dans sa poche, l'air de craindre que tu l'aperçoives ou que tu le lui voles.

– Je viens de voir un flic, dehors. Tu devrais faire gaffe.

– Tu m'as l'air bien au courant...

Il te regarde avec un intérêt renouvelé, d'un air plus amical, comme s'il t'avait sous-estimée.

– Je pourrais t'emprunter ton téléphone une minute ? demandes-tu, en indiquant sa poche de pantalon d'un signe de tête.

Sous le tissu, on distingue la forme rectangulaire de l'appareil.

– Ouais, pas de problème, dit-il avant de te le passer. T'en as pas ?

– Est-ce que je te demanderais le tien, sinon ?

Tu t'éloignes un peu et sors le carnet, que tu ouvres à la page où figure le numéro. Nerveuse, tu attends la connexion. Tu ne peux t'empêcher de détester à l'avance l'inconnu à l'autre bout de la ligne, de lui en vouloir d'en savoir plus que toi sur ta vie.

Trois sonneries, puis une voix d'homme :

– Je me demandais si tu allais appeler.

À moins de trois mètres de toi, le garçon fait semblant de s'intéresser à des boîtes de céréales. Tu baisses la voix :

– Qui êtes-vous ?

– T'occupe, et passe plutôt à mon bureau. C'est l'immeuble signalé sur le plan. Viens seule.

Tu essaies de lire entre les lignes, de découvrir un sens caché à ces paroles, mais l'homme raccroche. Dix-huit secondes, et plus rien.

Le garçon écoute, alors tu parles dans le vide, tu prononces des « au revoir » et des « merci ». Tu fais défiler l'historique des appels pour effacer le numéro. *Maman, Maman,*

Maman, indique la liste qui se déroule à l'écran. Lorsque tu rends son smartphone au garçon, il plisse les yeux.

– Pourquoi tu rigoles ? te demande-t-il.

– Pour rien. Je te remercie. Il faut que je file.

Mais en te retournant, tu vois un policier au bout du rayon. Il est de profil, devant une rangée de paquets de chips. Il lève les yeux dans ta direction.

Tu te tournes de nouveau vers le garçon :

– À moins que... Tu pourrais me déposer quelque part ?

Il pose son panier par terre ; les canettes de soda sont maintenant cachées sous deux paquets de céréales.

– Tu veux aller où ?

– Dans le centre.

Il reprend son panier et indique la sortie d'un mouvement de la tête, t'incite à te dépêcher. Tu marches à côté de lui, vos épaules se touchent presque, et tu dois fournir un effort surhumain pour ne pas regarder l'agent au fond du magasin. À la caisse, le garçon dispose ses courses sur le tapis roulant, les pommes s'échappent dans des directions opposées.

– Je m'appelle Ben, au fait.

Soudain paniquée, tu te demandes pourquoi tu n'as pas réfléchi à un prénom plus tôt. Des revues people sont entassées sur un présentoir devant toi, à côté d'un autre magazine dont le titre est *Sunset*.

– Moi, c'est Sunny.

Ce nom ne te paraît pas plus mauvais qu'un autre. Il sonne vrai.

Sur ces mots, tu vérifies une dernière fois si le policier ne vous suit pas.

4

Dans la Jeep de Ben, vous passez à vive allure devant des immeubles poussiéreux et des parkings vides, remontez une ruelle où se dressent des tentes de fortune en grosse toile déchirée. Tu regardes défiler la ville, certaine que tu as fait quelque chose de mal. Tu es une voleuse, ou une fugitive. As-tu abandonné le lycée, es-tu en fugue ? Sinon, pourquoi t'aurait-on déconseillé de contacter la police, pourquoi attendrais-tu d'un inconnu des renseignements sur ton identité ? Pourquoi tenais-tu tant à mettre les voiles, pourquoi ton instinct t'a-t-il poussée à t'enfuir ? Pourquoi n'as-tu aucun souvenir de ton passé ?

Cette pensée t'arrache une grimace. Avant de te retrouver dans cette situation, tu avais une vie. Et s'il existe une frontière entre le bien et le mal, tu étais sans doute du mauvais côté. Tu étais de celles qui sont en cavale, en fuite, qui cherchent à ne pas se faire prendre. La cicatrice à ton cou, tu l'as peut-être méritée.

– Je ne sais pas ce que tu t'imagines, déclare Ben, mais je ne fais rien de grave. J'ai une carte pour qu'on me délivre de la marijuana sur ordonnance. Si j'en revends, c'est juste pour mettre un peu de beurre dans les épinards.

– Je n'y pensais même plus.

– J'en fume pas, en plus, poursuit Ben. Ça fait un bail que j'ai arrêté.

– Je t'assure..., dis-tu en observant les bâtiments. Je ne vais pas te balancer. T'inquiète pas.

En prenant à gauche sur Broadway, Ben passe à deux doigts d'érafler son aile contre une Fiat garée à l'angle.

– D'après mon prof d'histoire, notre manque de motivation, c'est une crise de terminalite aiguë. On attend seulement de décrocher notre diplôme, alors on fait des conneries. Il ne parlait pas de la drogue, mais plutôt... d'une désinvolture généralisée. Je n'assiste qu'à trois quarts des cours.

– Le quart qui reste, tu fais quoi ?

– Je zone chez moi.

– Ça ne les dérange pas, tes parents ?

– Ma mère n'est pas souvent là.

– Pourquoi ?

– Ça fait quelque temps qu'elle est malade.

Ben ralentit. Il parcourt du regard les pâtés d'habitations un peu plus loin, près de l'endroit où tu prétends te rendre. Cette pause est assez explicite : « Laisse tomber, fini les questions, j'ai répondu ça comme ça et j'espère que tu ne rebondiras pas. »

– Allez, reprend-il. Il faut au moins que tu m'expliques où je t'emmène.

– Juste là.

Tu pointes l'index vers le trottoir à quelques dizaines de mètres devant vous. Pendant les vingt minutes de trajet, tu as tenté de n'aborder que des sujets bateau, tu t'es moquée des canettes de boisson énergisante qui jonchent le plancher de la voiture, tu as écouté Ben décrire sa vie au lycée public Marshall, où il est élève depuis quelques années parce qu'on l'a renvoyé du privé. Mais de temps à autre, Ben t'a interrogée au sujet de ton bras, t'a demandé ce qui t'est arrivé, pourquoi ton jean est sale et déchiré. Tu n'as sorti le plan qu'une seule fois, en t'efforçant d'être discrète, mais il n'arrêtait pas de jeter des coups d'œil en biais, l'air intrigué par l'étoile tracée dessus au stylo.

Ben se range près d'un grillage. À l'autre bout d'un terrain vague, deux hommes assis sous un appentis partagent une cigarette. Le mur de brique est couvert de tags.

– Je te dépose là, tu es sûre ?

– C'est parfait.

– Ah bon ?

La voix de Ben devient plus aiguë, il se met à rire. Le bâtiment qui figure sur le plan est à cinq immeubles de là, mais tu juges trop risqué qu'il t'y conduise.

Dès que la Jeep stoppe, tu ouvres la portière et descends. Ben fouille dans la boîte à gants, cherche partout sur le tableau de bord et le plancher. Lorsque enfin il trouve un stylo, il griffonne son numéro de téléphone au verso d'un ticket de caisse froissé et te le tend.

– En cas d'urgence ? demandes-tu.

– Au cas où ça ne serait pas si parfait que ça, en fin de compte. Ou si tu as besoin de quoi que ce soit. Comme tu veux.

Tu plies le papier en quatre et le glisses dans la poche de ton jean.

– Merci de m'avoir déposée.

La portière est fermée, le moteur tourne toujours. Les mains sur le volant, Ben observe l'immeuble de l'autre côté de la rue, essaie de deviner où tu vas. Deux respirations. Après t'avoir adressé un demi-sourire, il redémarre et part.

Tu longes le terrain vague, passes devant le Club Starlight, un bar dont la banne décolorée tire sur le gris. Les rues sont presque désertes. Tu dépasses la salle de concert Orpheum Theatre, où doit se produire un groupe que tu ne connais pas. Puis, quelques mètres plus loin, tu vois le bâtiment qui t'intéresse. Son perron arrondi mord sur le trottoir.

Dans le hall vide, le pupitre du portier est à l'abandon. Il n'est même plus pourvu d'un registre ou d'un stylo. Au fond, une caméra de sécurité est perchée dans un coin tel un oiseau. Tu tournes la tête et caches ton profil derrière ta main, en espérant que l'angle est mauvais, que l'objectif n'a pas filmé ton visage.

Sur une plaque de plastique fixée au mur figure la liste des entreprises qui occupent les locaux, mais tu ne reconnais aucun nom. Tu parcours plutôt les numéros de téléphone. Après les sociétés de finance et les cabinets médicaux, tu trouves : *Garner Consultants, porte 909, 818-555-1748.* C'est le numéro qui est inscrit dans ton carnet. Tu montes au neuvième étage par l'ascenseur. Le couloir est vide, la moquette est ornée d'un drôle de motif en forme de flèche qui semble t'indiquer la direction à prendre. Quelque part, une photocopieuse bruyante crache des pages. Tu t'immobilises devant la porte 909, écoutes le silence qui règne derrière le battant. Aucun bruit de pas, aucune voix, pas de bruissements de papier. Tu t'assois, adossée au mur, ton sac à dos entre les jambes. Puis, sans crier gare, une idée te vient. Tu sors ton canif, qui réfléchit la lumière des plafonniers. Tu glisses la lame entre la serrure et le cadre, tournes la pointe pour exercer une pression sur le mécanisme. Au bout de quelques secondes, la porte émet un cliquetis sec et s'ouvre.

Tu comprends que tu as déjà accompli cette manipulation des centaines de fois. C'était trop facile, trop rapide, tes mains ne tremblaient pas. Tu reviens aux pensées qui te taraudaient dans la voiture : *Tu as fait quelque chose de mal.* Sinon, comment saurais-tu si bien t'y prendre ? Pourquoi aurais-tu l'instinct d'essuyer la poignée avec ton tee-shirt, d'effacer tes empreintes éventuelles ?

Tu t'attends presque à voir quelqu'un à l'intérieur, assis à un bureau ou sur un des sièges alignés contre le mur. La pièce est vide, l'écran d'ordinateur est noir. Des revues sont disposées en éventail sur une table basse. *The Economist*, *National Geographic*, *Time*. Sur le bureau, il y a un sous-main et une grande tasse dorée pleine de stylos. Sur une photo encadrée, deux enfants blonds sont assis au bord d'une jetée, les pieds dans l'eau. Tu traverses la salle d'attente, tournes au bout d'une cloison de verre dépoli où le nom *Garner Consultants* est inscrit en lettres métalliques. Lorsque tu actionnes la poignée, une alarme se met à hurler.

Les mains plaquées sur tes oreilles, tu examines les lieux. De l'argent liquide est éparpillé sur la moquette. Dans un angle se trouve un coffre-fort. Sa porte est entrouverte, son verrou brisé est couvert d'éraflures. Le fauteuil de bureau est renversé. On a vidé les tiroirs par terre, il y a des documents et des dossiers partout.

Tu te répètes que tu n'as rien volé, que tu n'as même pas touché au coffre ni aux billets. Si tu es là, c'est parce qu'on t'a dit de venir. Pourtant, tu ne penses qu'à la caméra du rez-de-chaussée, au couteau dans ta poche, à la facilité avec laquelle tu es entrée par effraction.

Dans le couloir, plusieurs personnes sont déjà sorties de leurs bureaux. Un homme en costume trois-pièces te scrute à travers ses lunettes rondes à monture en métal.

– Je ne sais pas ce qui s'est passé, déclares-tu, en observant les deux femmes qui l'entourent.

L'une d'elles parle au téléphone.

– Je n'ai rien fait.

L'homme considère ton sac, puis regarde au bout du couloir, où d'autres employés s'amassent. Tu te demandes combien de temps il te reste avant qu'ils se postent devant l'ascenseur et l'escalier, qu'ils bloquent les issues. Tu n'as que quelques secondes pour prendre ta décision : tenter de t'expliquer, ou fuir.

Tu t'enfuis.

5

Quand tu entres dans le magasin, la vendeuse a les yeux dirigés vers une petite télévision à écran plat installée dans un coin. Tout en suivant distraitement un dessin animé, elle trie les trois robes jetées sur son bras, puis se tourne vers toi et te dévisage.

– Je peux vous aider ? lance-t-elle.

– Je regarde, c'est tout.

Et tu disparais dans un rayon.

Elle se décale de quelques pas pour te surveiller. Sans doute à cause de ton jean taché, de ton tee-shirt sale et trempé de sueur. Elle doit estimer que tu es du genre à voler, et tu ne peux t'empêcher de penser qu'elle n'est pas très loin de la vérité. Tu es déjà en train de songer que ce serait un jeu d'enfant de décrocher des hauts du portant, d'en fourrer deux ou trois dans ton sac pendant qu'elle a le dos tourné et de t'en aller comme si de rien n'était. Tu t'engages dans une autre allée, et elle se détourne enfin.

Tu as passé près de douze heures en face de l'immeuble de bureaux, recroquevillée au fond d'un box de garage, derrière une camionnette. Tu as vu la police arriver et repartir, le bâtiment se vider à mesure que l'obscurité tombait. Il était presque deux heures du matin quand tu as trouvé un taxi. Le chauffeur s'était garé au croisement pour dormir après son service, et tu lui as demandé de te ramener au nord de la ville.

Tu t'es cachée dans une aire de jeux pour le restant de la nuit. Tu as encore du sable partout – amassé au fond de tes chaussettes, tassé dans les poches de ton pantalon, niché derrière tes oreilles. Tu hésites toujours à prévenir la police. Tu ne peux rien leur expliquer. Depuis que tu as quitté ce bureau, tu ne penses qu'à ta main sur la poignée de la porte, au couteau qui presse contre la serrure pour la forcer.

Tu parcours le portant, arrêtes ton choix sur un tee-shirt noir avec un logo à demi effacé : un serpent lové autour d'une rose. Il y a aussi un débardeur moulant, un short en jean aux poches apparentes sous la toile déchirée. Tu n'as aucun mal à trouver ce qui te plaît. Alors que tu empiles le tout sur ton bras, tu te rends compte qu'il existe une alternative – tee-shirt de coton blanc uni et short kaki, ceinture à boucle en forme de tournesol. Tu abandonnes ta première sélection et gardes ces habits plus simples, avec l'impression de choisir un déguisement.

Le téléphone du comptoir sonne. La vendeuse décroche, salue un type qui s'appelle Cosmo. Elle lui parle d'une audition en commençant à enregistrer tes achats.

– Non, c'est pour le rôle d'acupunctrice, dit-elle, le combiné calé contre l'épaule.

Alors qu'elle étend un tee-shirt sur le comptoir de verre, son regard se pose de nouveau sur ton jean sale.

À la télévision, les publicités s'achèvent et laissent place aux informations. Avec un nez droit et luisant, ses sourcils figés à l'oblique, le présentateur ressemble à un mannequin de plastique. Il annonce un reportage sur un ours qui se promène en liberté dans les collines Agoura. Puis on passe à un autre reportage, sur le budget de l'Éducation. La vendeuse tourne et retourne l'étiquette d'un tee-shirt. Elle désigne un portant d'un geste comme pour dire : « Il faut que j'aille vérifier le prix. »

Elle est d'une lenteur incroyable, s'interrompt toutes les deux secondes pour parler au téléphone tandis qu'elle fait défiler les vêtements suspendus. Tu poses les coudes sur le comptoir en prenant soin de dissimuler ta plaie. Tu sens la peau enflée sur la face interne de ton poignet. Le tatouage est encore sensible au toucher. FNV02198. Possible qu'il s'agisse de ta date d'anniversaire. Si tu étais née le 2 janvier 1998, tu aurais seize ans et fêterais tes dix-sept dans quelques mois. Les lettres pourraient être tes initiales. Farrah Natasha Valente, Faith Neely Vargas... ces suppositions te réconfortent. Tu te demandes si l'oiseau a une signification particulière.

Tu es perdue dans tes pensées lorsque ta photo apparaît à l'écran. Tu reconnais d'abord le hall, le pupitre inoccupé et les fenêtres carrées au-dessus de l'entrée. « La police recherche des informations concernant un cambriolage perpétré dans le quartier d'affaires de Los Angeles. » On montre alors un cliché de toi en train de regarder la caméra de surveillance. Puis un autre pris dans le couloir, où l'on te voit en train de forcer la serrure. « Selon les enquêteurs, le butin s'élève à plus de dix mille dollars. Si vous possédez des renseignements concernant ce cambriolage, veuillez appeler la police criminelle. »

La jeune femme revient et jette un coup d'œil à la télévision. Puis ses yeux s'attardent un instant sur tes cheveux et sur ton tee-shirt. Tu pivotes vers l'étagère située derrière toi, attrapes des lunettes rétro, les caches sous deux blouses que tu saisis vivement sur un autre portant. Tu profites que la vendeuse regarde ailleurs pour fourrer les lunettes dans ta poche arrière, puis tu ajoutes les chemisiers à la pile. Elle reporte son attention sur la télé, mais une coupure de publicité a remplacé le flash d'informations.

Tu lui tends un billet de cent dollars, en t'efforçant d'empêcher ta main de trembler. C'était idiot de ta part de te montrer ici, à quelques rues seulement de la station de métro. Tu es revenue la nuit dernière parce que c'est le seul endroit qui t'est un peu familier, mais on ne tardera pas à te reconnaître. Pour la première fois depuis que tu t'es réveillée, ta gorge se serre, les larmes te montent aux yeux, et tu dois te détourner par crainte que la fille ne s'en aperçoive.

Lorsqu'elle te remet ton sac, tu fixes tes pieds. Elle est toujours au téléphone quand tu ressors, accompagnée par le carillon de la porte et assaillie par la chaleur étouffante de la rue.

*

La chambre du motel est silencieuse. Les fenêtres donnent sur un mur de brique. Tu contemples le reflet de ton nouveau « toi » dans le miroir fixé derrière la porte. Tu as pris une douche, démêlé tes cheveux, chassé la saleté qui noircissait ta peau. Ta frange coupée grossièrement tombe juste au-dessus de tes sourcils. Les verres de tes lunettes sont en plastique fin, la monture en plexiglas translucide. Le haut à manches longues que tu as acheté est orné de fleurs violettes au col et aux manches. C'est un vêtement que pourrait porter une vieille dame dans une maison de retraite.

Le jean délavé, la ceinture que tu as choisie... ça ne te ressemble pas. La montre fantaisie non plus. Tu ne sais rien d'autre, mais ça, tu en es certaine. Tu joues un rôle. Celui d'une mademoiselle Tout-le-monde, un peu quelconque, un peu guindée. Même ton reflet ne te rappelle rien.

Au loin, quelqu'un donne de virulents coups de klaxon. Tu t'allonges, mais tu trouves le matelas trop mou, inconfortable, alors tu installes les draps et les couvertures par terre. Tu enfiles un tee-shirt, retires les lunettes et t'étends à côté du lit. Le dos à plat contre le sol, tu te sens bien, et tu fermes les yeux en imaginant que si tu restes ainsi assez longtemps, le monde extérieur aura peut-être changé quand tu les rouvriras. Tu pourrais te réveiller en sachant qui tu es, en reconnaissant soudain la cicatrice sur ton cou. À ton réveil, peut-être que tu te rappelleras...

Tu restes étendue en écoutant les bruits de la chambre. Tu replies le bras sur tes paupières pour bloquer la lumière. Tu changes de position, te mets en chien de fusil. Le sommeil refuse de venir.

Tu passes de nouveau la liste en revue, examines les faits sous tous les angles, les tries comme autant de petites pierres précieuses. Tu t'es réveillée sur les voies du métro de Los Angeles. On t'a attirée dans des bureaux préalablement aménagés pour donner l'impression que tu les avais cambriolés. Tu sais forcer une porte avec un couteau, manœuvre que tu as sans doute déjà accomplie à de nombreuses reprises par le passé.

Ceux qui t'ont conduite là ne voulaient pas seulement que tu évites la police, ils voulaient s'assurer que tu ne pourrais pas aller demander de l'aide, même en étant aux abois. Ils souhaitaient que tu te fasses arrêter... mais pourquoi ?

Tu préfères ne pas allumer la télé, de peur d'y revoir ta photo. À la place, tu décroches le téléphone de l'hôtel et composes le numéro noté dans le carnet. Le numéro de Garner Consultants. Ça sonne longtemps dans le vide. Tu raccroches et réessaies deux fois, mais on ne répond toujours pas.

Quand le silence devient insupportable, tu ouvres les tiroirs de la table de chevet, où tu cherches de quoi t'occuper l'esprit. Tous sont vides sauf celui du haut, qui contient un livre noir à reliure de cuir. Les mots *Sainte Bible* y sont estampés en lettres dorées. Tu ne parviens pas à détacher le regard du ruban rouge qui marque une page. Tu fais glisser la fine bande de satin entre tes doigts. Tu ouvres le livre au hasard, et soudain la mémoire afflue, l'odeur d'encens te revient.

Le bruit t'enveloppe, claquement triste et creux de tes élégantes chaussures contre le sol de marbre.

Tout est limpide. En remontant la travée, tu n'accordes pas un coup d'œil aux bancs qui t'entourent. Tu braques le regard sur le cercueil exposé juste devant l'autel, sur un chariot métallique pliant à roulettes. Il est couvert d'un drap mortuaire blanc. Tu poses la main dessus, imagines qu'elle peut passer à travers le bois, le rembourrage et l'étoffe, puis toucher la sienne, le toucher lui. Ce n'était pas son corps, pas son visage, ce n'était qu'une coquille vide, comme si la vie s'était échappée de lui furtivement. Combien de temps es-tu restée agenouillée devant le cercueil? Qui est venu t'en éloigner? Puis il y a eu ce son affreux, le bruit sourd du couvercle lorsque le croque-mort l'a fermé. Une femme s'est penchée en avant, le visage enfoui dans les mains, incapable de regarder.

« Ne fais pas attention à eux », penses-tu, en montant sur l'autel.

Tu saisis le pupitre de chaque côté pour te stabiliser. L'église est vide, à part la grappe de gens présents au premier rang. Tu les sens qui t'observent, leurs yeux chargés d'attente. Tu scrutes les bancs du fond, adresses un bref salut à l'assemblée avant de baisser la tête vers la bible.

Tu tritures le ruban de satin qui marque la page. Tu prends une longue inspiration ténue. Ce que tu entends en dernier, c'est ta voix, quelque part hors de ton corps, presque un murmure :

– Je vais lire un passage de l'Écclésiaste.

Puis le motel reparaît autour de toi. Tu es de retour, assise près du lit, images et bruits t'ont abandonnée. Tu remets la bible dans le tiroir et le refermes. L'espace d'un instant, tu ressens un tel soulagement de t'être rappelé quelque chose que tu souris pour de bon.

C'est un moment fugace, balayé par un déferlement soudain. *Quelqu'un est mort, quelqu'un est mort.* Tu ignores qui c'est et ce qui s'est passé, mais tu as l'impression qu'on t'a arraché un organe vital et que la vie sera désormais plus difficile, plus périlleuse. Tu te recroquevilles, des larmes chaudes noient tes yeux.

« Il est mort », penses-tu, sans savoir de qui il s'agit, mais seulement qu'il comptait pour toi.

Tu l'aimais, et il est mort.

6

Tu détaches des morceaux de beignet avec les doigts. Ton granité à l'orange est trop sucré. À la radio, la voix de l'animateur s'élève et descend au fil d'un monologue enjoué, ininterrompu et agaçant. Installée à la table tout au fond du restaurant Winchell, tu ne remarques que le rire gloussant et suraigu de la caissière, le bourdonnement incessant des néons au plafond.

Derrière la vitre, dans Vine Street, les voitures roulent à vive allure. La chaleur est si écrasante qu'elle en devient visible – l'air semble liquide, ondulant. Tu fourrages dans ton sac à dos et finis par mettre la main sur le carnet. Tu y consignes les événements de la veille, car tu te sens mieux lorsque tu es occupée. Tu tentes de te remémorer les mots exacts que le présentateur du JT a employés pour décrire le cambriolage. Tu sors les tickets de caisse de ta poche, griffonnes les totaux de tes courses alimentaires et de tes achats à la friperie. Même après avoir réglé le motel, il te reste plus de sept cents dollars.

Tu tournes la page, consultes ta liste précédente. Ta mémoire est vague. Tu ne te souviens pas de la couleur des cheveux de la femme au premier rang dans l'église. Bruns ? Gris ? Tu te rappelles seulement ses mains, sa peau parcheminée, ses doigts contre ses tempes. Tu ne peux déterminer la teinte de la chemise qu'elle portait, tu n'as jamais observé les tableaux suspendus au fond de la nef. Tu ne notes que les éléments concrets :

- Je me suis souvenue d'une église
- Quelqu'un dont j'étais proche est mort (père, frère, oncle, grand-père ?)
- J'ai lu un texte à son enterrement
- Une femme (ma mère ?) pleurait le défunt elle aussi
- Moins d'une dizaine de personnes étaient présentes

La pointe de ton stylo est posée sur le papier, sous la dernière ligne, et tu souhaiterais continuer. Tu veux écrire quelque chose de tangible, mais tout ce qu'il te reste, c'est une mélancolie, un chagrin qui t'enveloppe telle une mince pellicule.

Tu ranges le carnet. En réorganisant ton sac, tu ressens un certain malaise. Quelque chose te paraît étrange...

suspect. À la caisse, un type à la mince barbe grise paie un beignet avec une pleine poignée de petite monnaie. Une femme à qui il manque une dent lit un magazine. Tu te tournes, balaies du regard les banquettes de plastique jaune derrière toi, et remarques l'homme.

Cheveux bruns, crâne dégarni, petits yeux semblables à des billes. Il t'observe sans se cacher, sans retenue, sans même chercher à faire semblant. Il porte une cravate et une chemise blanche tachée de sueur aux aisselles. Tu le dévisages à ton tour, crispée, mais il ne détourne pas le regard.

Ton corps te semble vide et froid. Tu laisses ton plateau sur ta table, sans prendre la peine de débarrasser les restes qui l'encombrent. Tu attrapes ton sac à dos et te diriges vers la porte. Aussitôt, l'inconnu se lève, glisse son portefeuille et ses clés dans ses poches arrière.

Tu descends les marches et regagnes la rue, certaine que les voitures vont s'arrêter pour te laisser passer. Un demi-pâté d'immeubles plus loin, un camion ralentit. Le chauffeur donne un grand coup de klaxon. Tous les feux sont verts, d'autres voitures foncent sur toi tandis que tu traverses en courant, déjà en nage.

Lorsque tu arrives enfin de l'autre côté, tu te demandes si tu as tout imaginé ou si le danger était réel. Tu te retournes juste à temps pour voir l'homme sur le parking. Il monte dans une voiture gris métallisé, à l'aile cabossée et rayée, du pare-chocs arrière jusqu'à la portière avant. Il a les doigts posés sur la tranche de la vitre ouverte. Tu ne parviens pas à déterminer s'il t'a reconnue à cause de la photo diffusée aux informations ou s'il te connaissait avant. En ce qui te concerne, il ne t'évoque rien. Les yeux braqués sur le rétroviseur pour t'observer, il démarre.

Tu files par une petite rue et disparais dans un parking couvert. Une enseigne indique : *Cinémas Arclight.* Une flèche te montre le chemin vers une rampe d'accès, et tu te faufiles entre les voitures en stationnement, puis débouches dans une cour intérieure. Dans le hall du cinéma, des files d'attente serpentent entre la caisse et le café. Tu te fraies un passage dans la foule, dépasses un vieil homme qui porte une casquette des Oakland Athletics et des femmes trop maquillées. Tu joues des coudes pour sortir par l'avant du bâtiment, derrière un groupe d'adolescents qui vient de partir. Ils sont une dizaine, peut-être davantage, et tu restes près d'eux, les suis à quelques pas de distance.

Lorsqu'ils entament la descente d'un escalier, tu marches à côté d'eux comme si tu avais toujours été là. Un garçon qui tient un skateboard sous le bras tend une pièce d'identité à une de ses copines.

– État du Maryland, explique-t-il. Tant qu'ils ne la scannent pas, pas de problème.

La fille a une mèche violet vif dans les cheveux. Elle retourne la carte sous la lumière :

– Tu l'as eue au tabac au croisement de Hollywood Boulevard et Western Avenue ?

Dans Sunset Boulevard, que tu remontes coude à coude avec eux, tu contrôles derrière toi. L'homme est là, au volant de sa voiture. Il s'arrête au carrefour, son clignotant gauche enclenché, prêt à faire le tour du bloc. Il te suit. Tu en es convaincue.

Tu t'approches davantage des jeunes, te mêles à eux afin de ne pas être visible. À côté de toi, les filles discutent d'un concert qu'elles sont allées voir et d'un rouge à lèvres noir qu'elles ont déniché à la parapharmacie. Les écouter, entendre les petits détails ordinaires de leur vie, te fait une drôle d'impression.

– Hé... vous ne savez pas où je pourrais trouver des ecstas ? dis-tu.

Il leur faut quelques secondes pour percuter. Devant, un garçon éclate de rire. D'autres lâchent des « L'hallu ! ».

– Tu déraille ? dit le skater en contemplant ton jean et ton haut trop grand, avant de remarquer les délicates fleurs violettes sur le col. Ça va pas de demander ça comme ça, à des gens que tu connais pas ? T'es folle, ou quoi ?

– Je veux acheter des cachetons, c'est tout.

C'est de la pure provocation, mais ça fonctionne. Tous se resserrent autour de toi. Tu as capté leur attention.

– Si ça se trouve, t'es un flic, intervient un garçon qui porte un appareil dentaire.

– Ça existe, les flics ados ?

La fille à la mèche violette rit.

– T'as raison, je crois pas.

Tu t'immobilises à l'intersection, observes les panneaux de l'autre côté de la rue, la main rouge clignotante qui t'interdit de traverser. Tu gardes la tête baissée, mais du coin de l'œil tu vois la voiture de l'inconnu qui approche. Il passe devant toi et continue sur Sunset Boulevard. Sur son coffre, il y a un autocollant : *L'immobilier, ça me connaît !* Tu regardes en dessous, mais on a retiré la plaque d'immatriculation.

L'homme stoppe au croisement suivant et actionne son clignotant, en vue de s'engager à gauche dans une rue perpendiculaire. Tu l'observes cependant qu'il s'éloigne, mais vos regards se croisent dans son rétroviseur. Lorsqu'il tourne, tu ne sens plus tes jambes.

– Hé, oh ? Tu m'entends ? demande le skater en te donnant une bourrade pour que tu avances.

– Ouais, je t'écoute.

Tu t'enfonces plus profondément dans le petit groupe, mais il t'est difficile de faire croire que tu es attentive. Tu jettes un coup d'œil par-dessus ton épaule et attends que la voiture réapparaisse.

Le garçon laisse tomber son skate par terre et se propulse d'une poussée du pied, puis s'arrête sur le trottoir juste devant toi. D'un geste de la main, il fait signe aux autres de se taire.

– Tu bosses pas pour les flics ?

– Je t'ai déjà répondu que non.

Il pointe l'index derrière toi ; tu te retournes et suis son regard. L'homme est là. Tu ne vois pas où il s'est garé, mais il approche à grandes enjambées.

– Alors ce mec, il n'est pas avec toi ?

Tu bouscules le garçon pour passer derrière lui, essaies de ne pas avoir la voix chevrotante :

– Non, je ne le connais pas.

– Ça fait combien de temps qu'il est là ?

– Il me suit depuis que je suis sortie du restaurant Winchell. Il faut que j'y aille, maintenant. S'il vous plaît, empêchez-le de me voir.

Le garçon se poste entre le type et toi pour te cacher. Tu ne cours pas, mais tu marches deux fois plus vite, t'efforces de ne pas trop attirer l'attention. Lorsque tu atteins l'angle d'en face, tu entends le garçon crier :

– Tu fais quoi, espèce de taré ? Arrête de la suivre !

La fille à la mèche violette attrape le type par le bras, le garçon lui donne un coup dans l'épaule. Il les repousse, lève le poing comme pour les frapper, puis il fait un pas de côté et s'écarte furtivement. Il marmonne quelque chose, mais tu ne distingues pas ses mots.

Cette diversion ne t'offre que quelques secondes – c'est toujours ça de pris. Leurs éclats de voix se mêlent aux bruits de la circulation, au vrombissement des voitures qui accélèrent lorsque le feu passe au vert. Un peu plus loin, tu repères un immense magasin Amoeba Music. Tu jettes un bref regard en arrière ; un garçon au nez percé crie sur l'homme. Tu te faufiles à l'intérieur.

Les lieux sont gigantesques. Vinyles et CD s'entassent dans des bacs, les murs sont recouverts de pochettes d'albums. Un employé vêtu d'un tee-shirt aux couleurs de la chaîne empile des cartons sur un chariot. Tu ralentis le pas, fais semblant d'être un client lambda, mais ton cœur bat si fort que tu sens les pulsations de ton sang dans tes doigts.

Tu n'as que deux options. Aller dans une arrière-salle étroite à ta droite, ou prendre l'escalier métallique. Le reste du magasin est d'un seul tenant, espace ouvert où des rangées d'étagères en plastique s'alignent par dizaines. Tu vas tout droit, puis tu tournes à droite. Deux vendeurs sont tellement occupés par le réassort d'un rayon de DVD qu'ils ne lèvent même pas la tête à ton passage.

Contre le mur du fond, des centaines de tee-shirts sont suspendus à un portant. Une fois que tu as atteint l'angle, là où la majorité des clients ne peut pas te voir, tu te baisses. Tu écartes les cintres en fil de fer, te plaques contre le béton et rabats quelques tee-shirts devant toi. Tu te sers d'un sweat Nirvana tombé à tes pieds pour dissimuler tes baskets.

Tu ne laisses entre les maillots qu'un espace suffisant pour surveiller les environs. De ta cachette, tu as vue sur la première allée et les abords de la porte d'entrée. Deux filles passent en coup de vent devant toi. L'une d'elles attrape un DVD sur un présentoir, l'examine, puis le remet à sa place.

La radio diffuse une chanson qui t'est familière. Tu ne connais pas les paroles, mais tu te souviens de la mélodie, ce qui suffit à te réconforter. Tu es recroquevillée, le menton sur les genoux et les bras autour des jambes, lorsqu'il pénètre dans l'arrière-salle. Il fait le tour pour s'engager dans la deuxième allée et vient dans ta direction. Tu entrevois sa chemise, son épaule, son profil. Tu retiens ta respiration.

Pendant quelques instants, il n'est qu'à quelques dizaines de centimètres de toi. Tu le vois par en dessous, jusqu'à la poitrine. Il a les mains dans les poches. Son souffle est à peine audible, quant à toi tu restes le plus immobile possible. Il sort un téléphone, compose un numéro, puis se détourne et parcourt une dernière fois la salle du regard avant de partir.

Tu vides enfin tes poumons. Furieuse d'être allée manger dans ce petit restaurant, tu enfonces tes ongles dans ta paume jusqu'à ce que ce soit douloureux. Tu t'en veux d'être encore à Los Angeles. Quelqu'un va te repérer, ce n'est qu'une question de temps. Mais il serait important de savoir qui est ce type et pourquoi il te suit.

Des touristes envahissent la salle. Cinq d'entre eux se plantent devant toi, leurs sandales à quelques centimètres à peine. Ils décrochent des tee-shirts, parlent de se rendre à pied au célèbre panneau Hollywood. Un vendeur aide un client à trouver *À bout de souffle.* À la radio, les chansons s'enchaînent.

Une fois sûre qu'il est parti, tu fourres quelques tee-shirts au fond de ton sac. Après avoir vérifié si on n'y a pas fixé d'antivols, tu en enfiles un. Tu t'en vas aussi vite que tu es arrivée. Au moment de franchir la porte, tu prends garde à baisser la tête afin d'éviter les caméras de surveillance.

Dehors, Sunset Boulevard est très animé. Restaurants et bars se vident. Même après avoir parcouru plusieurs blocs d'immeubles et t'être enfoncée au cœur du quartier, tu continues à le chercher du regard. Tu crois le voir dans toutes les voitures grises, dans toutes les silhouettes qui apparaissent derrière une vitre. Tu traverses un jardin et une rangée d'arbres.

7

La femme attend qu'on l'appelle. Rien d'autre ne l'intéresse. Elle est lasse des dîners guindés, des réceptions chics, de tous ces gens – tout ce qu'elle veut, c'est recevoir son prix. C'est pourquoi lorsque Silvia O'Connor, l'épouse de Bill, se penche vers elle pour lui parler de la salade, elle est plus qu'agacée. Silvia chuchote :

– Délicieuse, cette sauce ! Ces noix caramélisées, quel régal !

La femme tâche de sourire poliment, mais elle en est incapable.

Sur scène, Reagan Arthur donne un discours sur les résultats de l'entreprise. Le bilan annuel, les moments notables de tel ou tel trimestre. Elle connaît déjà tout ça par cœur. Sur le programme, ce laïus vient juste avant la remise de sa récompense, et elle consulte régulièrement le papier, en se demandant si l'ordre a changé. Il n'en est rien.

Deux chaises plus loin, Bill, le menton posé sur ses mains, couve Reagan d'un regard enamouré. Elle a presque de la peine pour lui... presque. Selon les bruits de couloir, c'est Bill qui aurait dû gagner. Au cours des semaines qui ont précédé l'annonce, il avait adopté un air vaguement hautain qui flottait autour de lui comme une eau de toilette bon marché.

À présent, elle attend qu'on l'appelle, que Reagan termine son allocution, qu'il abrège...

« Allez, qu'on en finisse. »

Silvia parle encore – elle apprécie le vin.

La femme cherche le serveur du regard, mais elle éprouve des difficultés à les distinguer les uns des autres. Tous portent la même tenue, smoking et gants blancs. Les femmes ont les cheveux ramassés en chignon. Les hommes sont tirés à quatre épingles. Alors qu'elle s'apprête à lever la main, l'un d'eux approche à grandes enjambées et lui ressert du vin.

Tout se passe si vite qu'elle en est troublée. Elle sent quelque chose de léger frôler son genou, et pense un instant qu'elle a fait tomber sa serviette. C'est alors qu'elle remarque une petite enveloppe blanche près de son talon droit. Elle se tourne vers le serveur, mais il est déjà reparti.

Elle se met à genoux, ouvre le message. Deux lignes sont écrites à la main, en lettres majuscules.

GARE ROUTIÈRE

HOLLYWOOD BOULEVARD

Elle comprend aussitôt de quoi il s'agit. Une vague de nervosité la submerge soudain, sa gorge s'assèche. Elle ferme les yeux en attendant que ça passe, sa main file vers son pendentif, le petit médaillon qu'elle porte au cou. Lorsque Reagan l'appelle enfin, elle est toujours sous la table, l'enveloppe entre les doigts.

8

Il est presque six heures et demie quand tu arrives à la gare routière. Tes mains tremblent.

Il fait vingt degrés, et pourtant tu frissonnes. Tu as passé la nuit dans un cabanon de jardin, mais tu n'as pas réussi à fermer l'œil.

Dans le hall des départs, tu scrutes tous les visages. Tu observes la femme qui est assise dans un coin, un sac de couchage roulé à côté d'elle. Tu jettes un coup d'œil à l'homme d'une quarantaine d'années qui attend dehors, deux sacs entassés sur sa valise, et tu vérifies si ses traits ne t'évoquent rien.

Il ne faut pas longtemps au guichetier pour te remarquer, toi qui fais les cent pas et le tour des sièges du hall. Il t'appelle de derrière sa plaque transparente de plexiglas pare-balles.

– Il sera là dans dix minutes. Emplacement numéro trois.

Il pointe l'index vers la porte.

Il te croit impatiente de voir le car arriver. Tu ne sais même pas toi-même pourquoi tu es impatiente. Pour tout. Les cars de la veille au soir étaient déjà complets, mais tu as pu acheter un billet pour celui-là. Sept heures du matin. Destination San Francisco. Cette ville te paraît assez lointaine pour repartir de zéro, te fondre dans la masse. Deux cars sont stationnés aux emplacements cinq et douze. Leurs vitres sont noires. Sur le trottoir d'en face, une boîte de nuit est en train de fermer. Un homme abaisse un rideau de fer devant l'entrée, y passe un cadenas et le verrouille.

Tu tentes de te concentrer sur le distributeur de snacks, sur les vingt options qui s'offrent à toi pour le petit déjeuner. Chips, chips épicées, bretzels, cacahuètes et barres chocolatées... tu tapes le code des chips. La spirale tourne et pousse le sachet, que tu récupères dans le réceptacle.

Tu sors de la gare, t'assois contre le mur et manges tes chips une par une. Les yeux fermés, tu essaies à nouveau de mobiliser tes souvenirs : le cercueil, tes mains, l'église. Tu avances et vois le pupitre. Sur l'autel, un ange souffle dans une trompette. Tu te remémores l'encens et l'odeur florale pénétrante, l'unique bouquet qui, à lui seul, modifiait l'atmosphère.

Tes souvenirs sont là, tu les tiens.

Tout le reste flotte dans une sorte de brume, comme si tu observais la scène à travers une caméra floue. Tu ne distingues pas tout à fait l'horloge au fond de l'église. Tu ne sais pas comment tu étais habillée, en quelle année ou à quel endroit ça se passait. Concentrée sur la bible qui était posée devant toi, tu tentes de te rappeler la page exacte. Tu ne te souviens pas de l'extrait. Tu ne vois même pas les mots sur le papier, seulement ta main sur le ruban qui marquait le passage. Puis ton souvenir s'interrompt, mais tu gardes les paupières closes, en attendant que ça revienne, la tête baissée, les épaules plaquées contre le mur. Soudain, tu entends un bruit, qui ne s'élève tout d'abord qu'à l'arrière-plan, un peu plus loin.

Tu rouvres les yeux.

Tu balaies le terrain vague adjacent du regard. D'un côté, il n'est couvert que d'herbe qui, par endroits, atteint presque un mètre de hauteur. Quelques arbres entortillés ont poussé dans la parcelle voisine, laissée à l'abandon. Tu observes l'ombre derrière eux.

Puis tu distingues à nouveau le bruit: le bruissement de quelqu'un qui avance dans la végétation sèche. Il te faut un moment pour comprendre ce que tu vois. Une silhouette se fraie un chemin vers toi et émerge de l'herbe. La femme porte un haut à manches longues et un pantalon de jogging noir, ses cheveux châtains sont tirés en queue-de-cheval. Elle a l'air assez âgée pour avoir des enfants, le genre de femme qu'on croise à des matches de baseball junior ou à la caisse du supermarché. Alors qu'elle prend la direction du bâtiment, tu remarques le pistolet qu'elle tient contre sa hanche.

Tu te lèves. Elle t'examine brièvement en accélérant le pas. Tu te détournes et pars en sprintant, traverses la rue et t'engages dans une ruelle déserte. Elle se lance à ta poursuite. Tu parcours du regard l'arrière des bâtiments, à la recherche d'un moyen de pénétrer dans les parkings couverts protégés par des portails. Tous sont fermés à clé.

Tu remontes un autre pâté d'immeubles, mais la femme ne ralentit pas. Elle court sans effort en balançant les bras. Elle est trop rapide. Tu essaies d'évaluer sa taille, sa carrure, de déterminer si tu aurais tes chances en te battant contre elle. Toi, tu ne mesures qu'un peu plus d'un mètre soixante. Elle est plus grande, mais elle est frêle, ses membres sont longs et maigres.

Intuitivement, tu fonces dans une autre ruelle et débouches sur Hollywood Boulevard. La circulation est clairsemée, et tu te sens isolée, vulnérable, les rues sont trop vides pour t'offrir une cachette. Lorsque tu traverses, un cabriolet freine pour t'éviter. Il ne faut que quelques secondes au conducteur pour accélérer de nouveau et repartir à toute vitesse sans te prêter grande attention.

Tu continues et prends la direction de l'autoroute. Tu entends le bruit des voitures au-dessus de ta tête. Pendant quelques secondes, tu ne perçois rien d'autre que ce vrombissement ininterrompu, et il est aisé d'imaginer que tu as semé ta poursuivante. Mais quand tu vérifies, elle est toujours là, au dernier carrefour. Elle n'a même pas ralenti. Tu t'efforces de réguler ton souffle, aspires de longues goulées d'air, mais la présence de cette femme t'ébranle. Dans quelques instants seulement, elle aura comblé l'écart entre vous.

Tout chez toi n'est plus qu'instinct animal, muscles, sang et os. Tu fais glisser ton sac à dos devant toi, ouvres la fermeture éclair tant bien que mal. Le couteau est sur le dessus. Dès que tu t'en es emparée, tu laisses tomber le sac. Dedans, il y a tout ce que tu possèdes. L'argent. Les vivres. Le carnet. Tu tentes de ne pas t'attarder sur cette idée. Tu es maintenant plus légère, et c'est tout ce qui compte.

Tu prends de la vitesse. Sous le pont autoroutier, tu bifurques et fonces dans une rue désaffectée qui suit un tracé parallèle à la route surélevée. La femme est sortie de ton champ de vision. Il y a des buissons à ta gauche et des bâtiments à ta droite – encore un parking couvert, haut de trois étages. Après un sprint, tu te tapis derrière une benne à ordures.

Elle arrive. Tu entends ses chaussures qui claquent sur le bitume. À son approche, tu déplies ton couteau et serres le manche dans ton poing.

« *Trois*, commences-tu à décompter dans ta tête en essayant de maîtriser les tremblements de tes mains. *Deux...* »

Ses pas perdent en régularité lorsqu'elle passe l'angle, tu perçois son hésitation. Elle a compris que tu te caches, que quelque chose ne tourne pas rond.

« *Un.* »

Tu jaillis, couteau pointé vers le sol. Tu abaisses ton épaule droite à hauteur de son estomac, les jambes écartées pour encaisser le choc. Lorsque vous vous percutez, une décharge de douleur se répand dans ton corps tout entier.

Ses jambes ne la soutiennent plus. Elle titube et chute, les mains sur le ventre. Le souffle coupé, elle ouvre grand la bouche et halète bruyamment.

Ton premier réflexe est de l'attaquer, mais elle saisit son pistolet et le braque vers ton cœur. Avant qu'elle ait pu faire feu, tu fonces sur elle. Tu abats tes mains sur son bras tendu. Sous la puissance du coup, elle desserre les doigts. De la main gauche, tu t'empares du canon du pistolet, puis tu lui arraches l'arme et la jettes le plus loin possible sur la chaussée, où elle glisse en tournoyant.

La facilité avec laquelle tu l'as désarmée t'abasourdit. Tu tentes de ne pas prêter attention aux élancements qui parcourent ta tête, ton épaule et ton ventre. Tu t'agenouilles à côté d'elle, si près que tu vois le mascara sur ses cils. Elle a une quarantaine d'années, mais elle a la peau tirée. Ses lèvres sont refaites, trop gonflées.

Une de ses mains file aussitôt vers son cou. Entre ses doigts, elle serre un médaillon dont le métal miroite sous la vive lumière matinale. Elle le fait pivoter sur lui-même. Sur une face, on voit la silhouette d'un homme, sur l'autre, il y a un cerf.

Tu lèves ton couteau et le maintiens au-dessus de sa gorge, mais tu ne vas pas la poignarder. Tu sais que tu n'en es pas capable. Elle te regarde droit dans les yeux, sa poitrine soulevée par des mouvements saccadés, et tu t'efforces de jouer les dures.

– Qui êtes-vous ? demandes-tu. Pourquoi vous me pourchassez ?

La femme tousse. Elle tient toujours son pendentif, qu'elle tourne entre le pouce et l'index. Elle entrouvre alors les lèvres, et sa voix n'est qu'un murmure lent et triste :

– Je suis désolée...

– Désolée ?

Elle prend une autre inspiration, et avant que tu aies le temps de te rendre compte de ce qui se passe, elle sourit et te frappe le nez du plat de la main. Tu as si mal que tu presses les paupières de toutes tes forces. Tu ne sens plus que les pulsations violentes dans ta tête. Ta poigne est molle, ton corps entier est faible, et la femme t'arrache le couteau des mains. Tu es à peine capable de lutter lorsqu'elle roule sur le côté. Elle se redresse, ajuste sa position pour mieux voir ta gorge.

D'une main, elle t'empoigne par les cheveux et t'observe en te maintenant immobile, sans se départir de son sourire. Puis elle lève le couteau. La douleur dans ton crâne est insupportable, ton dos éraflé saigne sur le goudron, tu sais que tu es fichue.

Tu fermes les yeux, attends le coup de grâce. Puis tu entends un bruit sifflant, suivi d'une brusque inspiration. Quelque chose a touché la femme au flanc. Une blessure s'ouvre, à peine plus grande qu'une pièce de vingt-cinq cents. La balle a pénétré juste sous son sein gauche. Elle retombe à terre, le corps saisi de convulsions, les mains plaquées contre ses côtes.

Tu te relèves et te détournes d'elle, cherchant à voir qui lui a tiré dessus. Tu es seule dans la ruelle. Les bâtiments ne dévoilent rien, leurs fenêtres fermées sont obscures, leurs toits déserts. Il te faut un moment pour remarquer le parking couvert situé deux numéros de rue plus loin. Tu distingues une silhouette au deuxième niveau, à côté d'un pilier de béton. C'est l'homme de la veille, vêtu d'une chemise blanche identique et d'un pantalon noir. Tu clignes des paupières, stupéfaite, tandis qu'il t'observe depuis sa position dominante.

Puis il baisse son pistolet. Il te fixe du regard quelques secondes ; s'il faut y lire un message de sa part, tu ignores lequel. Son visage est dépourvu d'expression. Il passe la main derrière son dos, glisse son arme sous sa ceinture.

Il monte dans la voiture gris métallisé garée derrière lui et claque la portière. Tu entends les crissements stridents des pneus à chaque virage de la rampe en spirale, puis il disparaît par une sortie cachée à ta vue.

9

Le premier coup à la porte résonne dans les minuscules WC de la station-service. Après une pause, d'autres suivent, plus forts. Tu es recroquevillée dans un coin, près du lavabo. Ton haut est moucheté de sang séché. Tu dois te relever, mais la personne qui attend dehors pourrait être n'importe qui – l'inconnu de tout à l'heure et d'hier, un policier... Tu n'as parcouru que cinq pâtés de bâtiments avant de te réfugier ici.

Au bout d'un moment, une voix de jeune fille te parvient, fluette, hésitante :

– Il y a quelqu'un ?

Tu te mets debout, rinces tes mains à l'eau froide, te tamponnes le visage avec des serviettes en papier. Puis tu te regardes dans le miroir – sous la lampe du plafond qui creuse des ombres étranges sur ta figure, tu as l'air à moitié morte.

Tu égouttes tes mains, puis, la tête baissée, tu passes à côté de la gamine, âgée de treize ans au maximum, en marmonnant que tu avais seulement mal au cœur. Deux heures se sont écoulées depuis ta confrontation avec la femme, peut-être plus. Dans la chaleur du matin, tes pensées tournent en boucle, tu te demandes depuis combien de temps l'homme te surveillait de là-haut. Qui es-tu pour lui ? Pourquoi t'a-t-il protégée ? Pourquoi t'a-t-il suivie et observée à distance ?

Autour de toi, la vie continue – l'employé de la station qui aide un client à payer par carte de crédit, un type d'une trentaine d'années dans une voiture, un commerçant qui tourne un écriteau indiquant que sa boutique est ouverte. Derrière toi, la file de véhicules est sans fin, mais il n'y a pas de taxi, aucun bus, aucun moyen facile de quitter les lieux. Tu balaies du regard les devantures des commerces et les halls des immeubles de bureaux, les tables d'une terrasse de café et les fenêtres des étages. L'homme a disparu depuis plusieurs heures maintenant, mais tu as toujours l'impression de le voir partout – parmi les passants, dans les voitures garées de l'autre côté de la rue.

Tu presses l'allure, tête baissée, puis soudain tu reconnais le carrefour par lequel tu es arrivée. Difficile de résister. Ton sac à dos n'est pas très loin d'ici, et sans lui tu n'as rien. Pas de vêtements, rien à boire, rien à manger. Des centaines de dollars t'attendent, dedans; d'où tu es, tu le vois presque, à l'endroit où les branches des buissons se sont cassées sous son poids.

Des véhicules passent. Tu vérifies autour de toi, t'assures que rien ne t'a échappé. Puis tu repars et ne t'arrêtes pas avant d'avoir récupéré ton sac.

Tu parcours ensuite un bloc de bâtiments, puis un deuxième. Personne ne te suit. Tu ne croises qu'un bus, rempli de touristes qui te regardent à travers les vitres. Pourtant, quelque chose n'est pas normal. Tu le sens. Pas de police, pas de sirènes, aucun signe de l'homme au pistolet. Au coin de la rue, tu tournes à gauche, et tout en courant tu observes le haut des immeubles, le parking d'où il a tiré.

À l'endroit du combat, il n'y a pas d'ambulance. L'accès à la ruelle n'est pas condamné par du ruban en plastique de la police. Le cadavre a disparu. Un camion monte la rampe d'accès à l'autoroute, accélère et s'insère dans le trafic.

En approchant de la longue portion de route, tu jettes sans arrêt des coups d'œil derrière toi, mais il n'y a personne. Dans la ruelle, il n'y a pas de sang. Tu décris un cercle sur la chaussée, jusqu'à l'endroit où tu as jeté le pistolet, mais il n'est plus là. Tu avances sous le pont, où une parcelle de terre est parsemée de bouteilles cassées. Tu cherches une piste, un creux où l'arme aurait pu se nicher ou une trace qu'elle aurait laissée, mais il n'y a rien. Tu te penches plus près, distingues des lignes très fines dans la terre, comme si on l'avait égalisée avec un râteau.

Tu arpentes toute la longueur de la ruelle. À côté de la benne, là où la femme s'est effondrée, le bitume est presque sec. Une flaque rose très superficielle s'est formée près de l'accotement, mais elle est si légère qu'elle est à peine visible. Pendant ton absence, dans un intervalle de deux heures, on a retiré le corps et nettoyé les lieux. On a même lavé le sang.

En contemplant les étages du parking, tu revois presque la voiture grise. Tu te représentes l'homme tapi dans l'ombre. Le coup de feu a été silencieux. Si tu étais passée en voiture, tu ne l'aurais sans doute même pas remarqué.

Tu fais volte-face vers la route, cherches une preuve que ça s'est réellement produit. Ton nez est encore douloureux. Tu as mal à l'épaule. Tu examines les taches brunes sur ton haut blanc, les éclaboussures sur ton flanc droit, à l'endroit où la femme a été touchée.

« C'était pour de vrai, penses-tu. Ça a eu lieu. »

Mais quand tu te retournes, la ruelle est toujours déserte. Pas une seule voiture dans le parking. Il ne reste que le sang dilué et la rumeur de l'autoroute.

10

La forêt est silencieuse. Devant toi, le garçon tranche des lianes avec son grand couteau à lame courbe. Tu observes le tatouage dans son dos, le crâne qui semble te scruter de ses orbites vides. De chaque côté se déploient des ailes aux plumes si détaillées qu'elles paraissent réelles. Tu te concentres sur le dessin, regardes les muscles bouger sous sa peau, t'efforces de calmer ta respiration.

La sueur qui mouille tes cheveux dégouline sur ton visage. Tu attrapes des lianes pour t'aider à enjamber les pierres et les branchages morts. Le bâton que tu serres dans ta main est lourd, large de dix centimètres, et son extrémité supérieure est taillée en pointe.

À ta droite, une branche se casse. Le garçon tourne la tête, tu contemples son profil – son nez, ses cils épais, les cheveux noirs qui tombent devant ses yeux. Il a vu quelque chose.

– Tire-toi ! Vite ! hurle-t-il.

Tu ne sais pas ce qui vient vers vous, tu n'entends que le bruissement des feuilles, les branches qui craquent, un souffle rauque. Le garçon part à toutes jambes, mais la boue épaisse englue tes chaussures usées et te cloue sur place. L'animal sauvage approche de plus en plus vite, et toi tu es coincée, incapable de bouger. Tu essaies une dernière fois de libérer tes jambes. À cause de tes mouvements, les lianes s'entortillent autour de tes chevilles. Tu fais volte-face et aperçois un animal énorme, au pelage foncé collé par paquets. À son cou, du sang s'écoule d'une blessure. Le garçon s'enfonce dans les arbres et disparaît. Tu réussis enfin à te libérer et tentes de courir plus vite, mais la bête te rattrape et ses mâchoires se referment sur ta nuque.

Minuit vingt-deux. Tu n'as pas dormi plus d'une heure, et après ton rêve, ton cœur continue à battre la chamade. Tu vérifies si les verrous de la chambre du motel sont bien tirés, puis tu contrôles les fenêtres. Tu loges au cinquième étage, mais tu n'es pas rassurée pour autant. Tout ce que tu remarques, c'est l'escalier d'urgence, le palier situé trois mètres plus bas, le toit qu'on pourrait atteindre avec une échelle.

Ton rêve t'a semblé extrêmement réel. Tu entends encore le craquement des branches sous le poids du prédateur qui te fonçait dessus. L'animal était massif, son corps agile filait comme une flèche. Qu'est-ce que c'était ?

Où étais-tu ? Et qui était le garçon au tatouage ? Tu fouilles ta mémoire, mais son image s'efface déjà, se fond dans l'inconnu avec le reste.

Tu dessines dans ton carnet les détails qui te reviennent – le crâne représenté entre ses épaules, la cicatrice au bas de son dos, juste au-dessus de sa ceinture. La lame de son couteau était courbe. Tu notes tout ce que tu te rappelles. L'air était lourd, les arbres luxuriants, comme dans une forêt tropicale. Ça te semble impossible, et pourtant, en inscrivant l'élément final – *un animal sauvage m'a attaquée* –, tu passes le doigt sur ta propre cicatrice.

Tu termines et ranges ton carnet. Le corps endolori, tu t'adosses au lit. Ton bras saigne, la croûte tire sur ta peau, accroche la couverture rêche et boulochée. Les muscles de ton épaule et de ton flanc sont douloureux au toucher. Les doigts de ta main gauche sont éraflés et te brûlent quand tu serres le poing.

Le ticket de caisse où Ben a écrit son numéro est fiché derrière la couverture du carnet. Tu repenses à sa main sur ton poignet, à son expression quand il a vu l'entaille, la façon dont il a grimacé, comme si la blessure était la sienne. Il paraissait très sincère lorsqu'il t'a dit de ne pas hésiter à l'appeler. Tu ne sais pas si c'est lui que tu as envie de voir, ou si tu as juste besoin d'une présence, si c'est seulement la solitude qui te pèse. Tu décroches le téléphone, puis tu enfonces les touches sans t'autoriser à te poser plus de questions.

*

Ben entre dans le petit restaurant. Son sourire naturel et décontracté t'évoque le mot « insouciance ». Toi, tu te donnes un mal de chien pour avoir un air normal. Tu as commandé un milk-shake. Lorsque tu lui rends son sourire, tu sens les muscles de ton visage se crisper, ta peau te semble trop rigide.

C'est lui qui a choisi l'endroit, le Palais de la Tarte, à proximité du motel. Il n'y a presque personne, à part un homme qui porte une cravate et une veste pailletée, quelques banquettes plus loin. Tu t'es installée à la table du fond, contre le mur, près d'une sortie de secours. Voir la salle entière te rassure.

En s'asseyant, Ben fronce les sourcils et pince les lèvres :

– C'est nouveau, tes lunettes ? Et qu'est-ce que tu as fait à tes cheveux ?

Malgré toi, tu es vexée. Tu passes la main dans ta frange et rajustes tes lunettes sur ton nez. Tu t'es regardée dans le miroir de nombreuses fois, mais tu as quand même le sentiment qu'un détail t'a échappé.

– L'autre jour, je ne les portais pas, mais sinon je les mets tout le temps, réponds-tu.

Ben incline la tête et plisse les paupières :

– Ce n'est pas à cause de la photo de toi qu'on montre aux infos ?

Tu le regardes, attends un instant, puis te rends à l'évidence. Il sait. Tu détournes les yeux vers la porte, les fenêtres, la rue. Tu te lèves et fais deux pas, mais il t'attrape par le bras :

– Je n'ai rien dit à personne. Je ne suis pas débile.

– Si tu es au courant... pourquoi tu es venu ?

– Parce que tu m'as appelé. Il m'a semblé que tu avais besoin d'aide.

– Si mes souvenirs sont bons, j'ai dit : « On peut se voir ? » En quoi ça t'a fait penser que j'avais besoin d'aide ?

Ben observe les banquettes vides à côté de toi. Tu te rassois, il garde la main sur ton bras. Il parle à voix plus basse, penché vers toi, le visage juste devant le tien :

– C'est pour ça que tu voulais que je te dépose ? Pour cambrioler ces bureaux ?

– Je sais de quoi ça a l'air. Et je sais que tu risques de ne pas me croire, mais on m'a piégée. Le type que j'ai appelé avec ton téléphone... c'est lui qui m'a dit de le rejoindre là-bas.

– C'est ça... c'était un coup monté... D'accord...

– Ça va, hein... Épargne-moi les leçons de morale, monsieur Je-vends-du-shit-dans-les-toilettes-du-supermarché. C'est la vérité. Et maintenant quelqu'un me suit, un homme que je n'avais jamais vu nulle part.

Ben se détourne et jette un coup d'œil dehors :

– Il t'a suivie jusqu'ici ?

– Je ne suis pas débile, rétorques-tu en l'imitant. Je l'ai semé. J'en suis sûre, sinon je ne t'aurais pas contacté.

Tu t'es creusé la tête, et le plus probable, selon toi, c'est que cet inconnu a commencé à te filer après ton passage dans le bureau. Il t'a sans doute perdue de vue et t'a cherchée dans le quartier d'Hollywood Boulevard, où il t'a retrouvée au restaurant Winchell. Ensuite, tu n'es pas sûre. Tu croyais t'être débarrassée de lui dans le magasin de disques, mais se peut-il que tu ne l'aies jamais semé, qu'il t'ait pistée à distance ? Est-ce ainsi qu'il t'a retrouvée près de la gare routière ?

Ben saisit la salière et la poivrière, les fait rouler entre ses mains :

– Tu dors où, maintenant ?

– Dans un motel.

Il a pris un coup de soleil sur le nez. Ses joues sont mouchetées de taches de rousseur. Avec son sweat à capuche, il paraît plus jeune que toi, ce qui rend amusant son air sérieux, comme chez un enfant qui jouerait à l'adulte.

– Si tu n'es pas prudente, ils vont te trouver, dit-il au bout d'un moment.

– Qui ça, « ils » ?

Ce mot te fait penser à la femme au pistolet, à l'homme de la voiture grise.

– Les flics...

– Pour l'instant, ils ne m'ont pas attrapée.

Tu vérifies si personne ne vous a entendus. Au plafond, un haut-parleur diffuse une chanson pop à fort volume. Soudain, tu regrettes de l'avoir invité, tu aurais préféré réussir à te rendormir dans ta chambre.

– Je n'ai rien fait, affirmes-tu.

– Je ne t'accuse pas... mais j'ai quand même l'impression que tu ne me racontes pas tout. Tu t'appelles vraiment Sunny, par exemple ?

Ton hésitation te trahit. Ben pousse un soupir rauque, pose le menton sur ses mains.

– Je te dirais mon vrai prénom si je le connaissais.

– Tu ne sais pas comment tu t'appelles ?

– Non. Je ne connais pas non plus le type qui m'a suivie, et je ne sais pas pourquoi il me piste.

Un homme entre dans le restaurant. Aussitôt, tu te renfonces dans ta banquette, tu t'empresses de cacher ton profil derrière ta main. Brun, le crâne dégarni, il porte une chemise blanche. Quand il se retourne, tu vois qu'il a une barbe et une moustache. Ce n'est pas lui.

– Un problème ? demande Ben.

Tu as le souffle si court que tu es incapable de prononcer un mot. Tu ne te rends compte que tes mains tremblent que lorsque Ben fixe du regard tes doigts entrecroisés et les immobilise contre la table.

– Ce type, tu ne l'avais jamais vu avant ?

– C'est ce que j'essaie de t'expliquer... je n'en ai pas la moindre idée. Je n'ai aucun souvenir de rien.

Ben sait que tu ne dis pas tout, tu le devines à la façon dont il recommence à manipuler la salière et la poivrière. Quand la serveuse vient prendre sa commande, il lui répond qu'il ne veut rien.

– Alors tu vas juste rentrer à ton motel, c'est tout ? s'enquiert-il après une longue pause. Tu vas attendre gentiment qu'il retrouve ta trace ? Ou que la police t'arrête ? Et ta famille ? Il y a bien quelqu'un qui te cherche.

Tu repenses à ta réminiscence des funérailles, aux quelques silhouettes présentes sur les bancs de devant. Était-ce réel ? Comment en être sûre ?

– Je vais essayer de découvrir la vérité... Je ne sais pas comment je vais procéder, c'est tout.

– Et s'il revient, l'autre ?

Tu hausses les épaules. Tu n'as plus vraiment peur de l'inconnu qui te suit, mais comment pourrais-tu révéler la vérité ? Comment expliquer qu'après t'avoir attirée dans un traquenard et t'avoir filée, il t'a sauvé la vie ? Une femme tentait de t'assassiner, et sans que tu saches pourquoi, c'est lui qui l'a tuée.

– Je te le répète... je n'ai pas encore de réponses à ces questions. À aucune, en fait.

Tu te lèves et déposes de l'argent sur la table.

– Tu ferais peut-être mieux de venir crécher chez moi, dit Ben. Normalement, je suis censé vivre chez ma tante le temps que ma mère reprenne des forces, mais c'est déjà tombé à l'eau.

– Comment ça ?

– Elle m'a surpris en train de vendre du shit... alors elle m'a « proposé » de partir, déclare-t-il en dessinant des guillemets imaginaires. Elle m'a fichu à la porte en y mettant les formes, quoi ! Du coup, je suis rentré chez moi, ce qui m'arrange parce que c'est plus près du lycée. Il y a un bungalow, au fond du jardin. Personne ne saura que tu es là.

– Je ne peux pas.

– Tu seras plus en sécurité qu'à l'hôtel.

– Je ne suis en sécurité nulle part.

– J'ai dit « plus ».

Il balaie la salle du regard, comme tu le fais partout depuis quelques jours. Il jette un coup d'œil à la sortie de derrière. Tu t'aperçois qu'il a changé de comportement, qu'il semble sur le qui-vive. Il est impliqué, maintenant.

– C'est mieux que tu ne m'héberges pas, je t'assure.

Ce que tu penses réellement, c'est: « Si tu savais, tu ne voudrais peut-être plus m'héberger. » Tu lui caches tant de choses. Ce n'est pas juste.

– Il n'y a que moi à la maison, de toute façon. Ma mère ne doit pas rentrer avant un mois minimum.

– Où est-elle ?

Son visage change, tu sens qu'il n'a pas envie de répondre, mais tu attends quand même, en silence.

– Dans un centre de soins, pas très loin d'ici.

Sa façon d'éviter ton regard te trouble. Sa mère est malade, et tu te demandes si tu n'as pas traversé la même épreuve, toi aussi. C'est un sentiment qui te semble trop palpable... trop réel.

– C'est juste que... j'ai déjà assez d'ennuis comme ça, expliques-tu. Je ne voudrais pas entraîner quelqu'un d'autre avec moi.

– Je sais.

Quand vous pénétrez dans le parking, il pointe malgré tout l'index vers sa Jeep. Vu ce qui s'est passé ce matin, ce n'est pas une bonne idée, ni même une idée envisageable. Ben se mordille nerveusement la lèvre, écrase de petits cailloux du bout de sa basket. Son visage t'est de plus en plus familier – tu pourrais sans doute le visualiser les yeux fermés. Tu pourrais aussi entendre sa voix, même en son absence.

Tu ferais mieux de rentrer au motel, de retrouver ta chambre impersonnelle, son papier peint beige et ses tiroirs vides. Pourtant, quand il continue son chemin, tu le suis. Pour la première fois depuis trois jours, tu ne regardes pas derrière toi.

11

Lorsque tu sors de la douche, la vapeur est aussi épaisse que du brouillard. Tu es soulagée de ne pas voir ton reflet dans le miroir couvert de buée. Pour une fois, pas de cicatrice, pas de tatouage au poignet. Tu enfiles le tee-shirt et le bas de pyjama propres que Ben t'a donnés, mais par pudeur tu gardes ton soutien-gorge de sport. Quand tu entres dans le bungalow, ça sent le brûlé.

– J'avais un petit creux, déclare Ben.

Dans la cuisine étroite, il active une hotte pour aspirer la fumée qui s'élève de la poêle.

– Deux sandwiches au fromage fondu, bien grillés.

Maintenant que les lumières sont allumées, tu observes le pavillon de jardin plus en détail. C'est une pièce unique, où l'îlot central sépare le coin salon de la gazinière et du petit réfrigérateur. On a poussé la table basse dans un angle. Un clic-clac est déplié ; on a disposé quelques couvertures sur le matelas peu épais. Aux murs, il n'y a aucune décoration – pas une seule photo encadrée, ni tableau, ni poster. Les meubles ne sont pas assortis.

– Vous ne vous en servez pas beaucoup, de ce bungalow ? demandes-tu.

– Pas vraiment.

Avec sa spatule, il presse les sandwiches, qui fument de plus belle.

– Quand j'avais encore ma grand-mère, c'est là qu'elle dormait lorsqu'elle nous rendait visite. C'est à peu près tout.

Tu vas à la fenêtre, écartes les stores pour voir la maison. Le mur de derrière est tout en verre. Sur la droite, une lampe laisse entrevoir une cuisine moderne aux lignes élégantes, quelques tabourets de métal alignés devant un bar. Les fenêtres de l'étage reflètent les étoiles. La piscine ressemble à une simple flaque sur la terrasse de brique, éclairage éteint, surface immobile.

– Alors tu vis ici tout seul ? Où est ton père ?

Ben sort deux assiettes d'un placard mural. Sans te regarder, il les astique avec un torchon comme si elles étaient sales.

– Il est mort il y a quelques années.

Tu aimerais qu'il t'explique ce qui s'est passé, mais l'expression de Ben a changé, et tu as du mal à la déchiffrer. Il pose les assiettes et retourne à la gazinière. Tu repenses à l'autel de ton rêve, à l'unique bouquet, à la petite dizaine de personnes présentes. Tu te demandes qui était le défunt. Si ça se trouve, il s'agit d'un souvenir de ton père. Étrange de se dire que c'est peut-être une expérience que Ben et toi avez en commun.

– Excuse-moi, dis-tu. Je m'interrogeais, c'est tout.

– Non, c'est normal. C'est juste que ça remue le couteau dans la plaie. Ma mère est censée rentrer le mois prochain, mais c'est difficile d'en être sûr. Du coup, ouais... pour l'instant il n'y a que moi. J'ai eu dix-huit ans cet été, alors on ne peut m'obliger à rien. Personne ne peut me forcer à rester chez ma tante.

– Je croyais qu'elle t'avait mis à la porte.

Ben rit :

– Tu as le souci du détail, hein ?

Il te contourne, essaie d'ouvrir un tiroir, mais l'espace est trop étroit. Pendant quelques secondes, vous n'êtes qu'à quelques centimètres l'un de l'autre. Tu sens son souffle sur ta peau.

Lorsque tu lèves les yeux vers lui, il s'écarte, le rose aux joues. Il continue à remuer les sandwiches dans la poêle. Tu l'observes, mais il évite ton regard.

– Ça pourrait te valoir des ennuis de m'héberger ici.

Toujours sans te regarder, il pose un sandwich sur une assiette, qu'il pousse vers toi.

– S'il n'y avait que ça.

– Moi, je te parle de conséquences graves. Cacher un fugitif, ça va chercher loin.

Il s'assoit au bord du canapé et croque dans son sandwich.

– Il n'y a aucune raison que tu sois ici. Personne ne peut savoir qu'on s'est rencontrés, pas vrai ?

– Je suppose que non.

– Alors on ne craint rien. C'est pas comme si tu avais l'intention d'organiser une teuf ici, hein ?

– Non, pas de teuf... pas tout de suite, en tout cas.

Tu ris, puis tu prends une bouchée à ton tour. Ça te change, toi qui, depuis plusieurs jours, ne manges que des plats sous vide ou à emporter.

– Je ne suis pas inquiet. Tu vas trouver une solution, dit-il en chassant les cheveux qui tombent sur son front. En plus, c'est sympa d'avoir quelqu'un ici quelque temps.

Il sourit, et soudain tu as conscience de sa proximité : son épaule contre la tienne, la manche de son tee-shirt qui frôle ton bras. Son pantalon de pyjama s'affaisse sur ses hanches et laisse apparaître une fine bande de peau.

– Je parie que c'est à cause de la récompense, reprend-il.

– Pardon ?

– Je suis sûr que c'est pour ça qu'il te suivait, le type. Aux informations, j'ai vu qu'on offrait une récompense en échange de renseignements à ton sujet. Il t'a sans doute reconnue.

Ton ventre se noue. Tu songes à tous les détails que tu as gardés pour toi. Tu sais que ce n'est pas à cause du cambriolage, mais Ben ne peut pas le deviner.

– C'est possible.

– En tout cas, s'ils nous trouvent, je prétendrai que je n'avais pas vu les infos. Ils ne pourront pas prouver le contraire.

Sous la lumière, ses yeux sont d'un gris plus clair, presque translucide.

– Alors... *Sunny*...

– Pourquoi tu dis ça sur ce ton ?

– Parce que c'est un prénom inventé, rétorque-t-il avec un air narquois.

Sa moquerie aurait dû t'énerver, mais sa moue espiègle te radoucit.

– Quand je connaîtrai le vrai, tu seras le premier au courant.

– Remarque, ça te va plutôt bien. C'est vrai que tu es rayonnante[1]...

Son sourire s'élargit, et tu ne peux t'empêcher d'en esquisser un à ton tour.

Avant que tu aies pu lui répondre, il saisit ton coude, comme lors de votre première rencontre. Il soulève ton bras pour examiner ton entaille :

– J'ai l'impression que ça va mieux.

– Un mec que j'ai croisé au supermarché m'a dit que c'était pas joli-joli.

– Nan. Ça n'a pas l'air méchant. C'était un crétin, ce mec.

Le visage de Ben n'est qu'à quelques centimètres du tien.

– Hé, tu veux que je te montre un truc ? demande-t-il.

– Quoi ?

– Viens avec moi. Tu vas avoir du temps libre, aujourd'hui.

Il sourit à nouveau lorsqu'il pousse la porte et te fait signe de le suivre. En traversant le jardin, tu te détends, te

1. *Sunny* signifie « ensoleillé », « radieux ». *(N.d.T.)*

rends compte que tu n'es pas en alerte. Tu es à plusieurs kilomètres de l'autoroute, de tout ce qui s'est passé dans la matinée. La femme qui a essayé de te tuer est morte, et tu es bien obligée de croire que l'homme qui te filait, quelles que soient ses motivations, t'a sauvé la vie. Il aurait pu t'abattre, mais n'en a rien fait. Tu ne te sens pas complètement en sécurité, car ça t'est impossible après ce que tu as vécu, mais Ben avait raison. C'est quand même « plus sûr » ici. C'est le terme adéquat.

– La clé de la maison est cachée là-dessous, annonce-t-il en montrant une pierre près de la porte.

Il sort sa clé de sa poche, ouvre et pénètre dans le vestibule situé à l'arrière de la bâtisse. Des chaussures de sport sales sont alignées le long du mur. Il y a aussi un ballon de basket, une veste jetée en vrac à côté, quelques livres.

Très vite, tu es frappée par le vide qui règne dans la maison. Il n'y a ni musique, ni bruits réconfortants de vaisselle qui cliquette dans l'évier, ni même d'odeurs de cuisine.

– Je ne me plais pas du tout, au rez-de-chaussée, dit Ben, et tu te demandes s'il a perçu ton malaise.

Tu lui emboîtes le pas dans l'escalier.

– En général, je dors en bas, sur le sofa. Tout ça, c'était à mon père...

Des jeux d'arcade sont entreposés au sous-sol. Il y a une rangée de dix flippers, voire plus, une borne Pac-Man pour deux joueurs face à face et un baby-foot. Les vêtements de Ben sont entassés au bout d'un long canapé d'angle. À l'autre extrémité se trouvent une couverture et un oreiller. Ben entre, ramasse des sachets de doritos vides, range quelques boîtes de médicaments dans les tiroirs de la table basse.

– Il en faisait collection ?

Tu t'installes à une place du jeu Pac-Man et prends une pièce dans un rouleau de papier qu'on a laissé à disposition sur le plateau. Tu l'insères dans la fente et manœuvres le joystick, mais au bout de quelques secondes seulement tu perds une vie.

– Il y a un magasin qui en vend, dans la vallée. Tous les ans, mon père m'y emmenait le jour de mon anniversaire pour que j'en choisisse un.

– Tu avais quel âge ?

– Mon premier, je l'ai eu à douze ans.

Tu recommences à jouer, et Ben t'observe, te voit qui restes coincée dans les angles à cause de la manette qui ne bouge pas comme tu le voudrais. Il pose la main sur la tienne et t'aide à t'échapper avant que les fantômes te rattrapent. Tu sens la chaleur de sa paume, ses doigts sur les tiens.

– Voilà, dit-il. Tu t'améliores.

Il te lâche, puis s'installe en face de toi.

– Tu joues à domicile, ça te donne l'avantage, plaisantes-tu.

– Prépare-toi à te faire ratatiner. Six ans d'entraînement intensif, réplique-t-il.

Il remet quelques pièces. La musique électronique se lance. Vos regards se croisent, et il t'adresse un sourire radieux.

– Je suis content que tu aies décidé de rester.

La partie débute. La chambre de motel te semble à des années-lumière.

– Moi aussi, réponds-tu.

12

Tu as passé la matinée à faire des recherches sur l'ordinateur de Ben. Tu n'as rien trouvé au sujet d'une fille tatouée au poignet qui aurait disparu. Rien non plus à propos d'une femme tuée par balle à proximité de l'autoroute 101, malgré les innombrables sites d'information que tu as passés au peigne fin, et quelles que soient les combinaisons de termes que tu as utilisées sur le moteur de recherche. Le cabinet Garner Consultants n'a pas de site Web. Dans quelques articles, on le présentait comme une société spécialisée dans les nouvelles technologies, mais aucun nom d'employé n'était mentionné nulle part.

Une serviette à la main, tu sors du bungalow, sous la caresse du soleil. Dans le jardin silencieux, on n'entend que le système de filtration de la piscine. Tu mets les lunettes noires que Ben t'a prêtées, ainsi que sa casquette au bord rouge effiloché. Alors que tu t'apprêtes à t'allonger sur la terrasse, tu remarques un sweat à capuche violet déchiré, posé en boule à côté de la chaise longue du bout. Quand tu le ramasses, tu trouves un iPhone dans une poche, et un portefeuille tombe de l'autre. Il contient trois cartes de crédit, des cartes de fidélité, un permis de conduire de New York, et une carte de sécurité sociale. Tu l'entrouvres et comptes sept billets de vingt dollars dans le compartiment principal. Tu n'as pas besoin de cet argent, mais les cartes bancaires sont tentantes. La fille de la photo te ressemble pas mal. Comme toi, c'est une adolescente très brune. Tu pourrais utiliser son identité et ses moyens de paiement pour réserver un billet d'avion.

Tu es sur le point de glisser le portefeuille dans ta poche quand tu entends le portail grincer. Tu remets tout à sa place, puis t'assois vite sur la chaise et replies les jambes contre toi, en faisant semblant de regarder ailleurs.

La fille approche, d'un pas si assuré que tu dois te rappeler qu'elle non plus n'est pas chez elle. Ses cheveux sont rasés d'un côté, sa frange se fond avec le reste de l'épaisse chevelure noire qui lui arrive à l'épaule. Tu ajustes ta casquette, tes lunettes te donnent l'impression d'être protégée.

– C'est à toi ? demandes-tu en tendant le sweat-shirt vers elle. Qu'est-ce que ça fait là ?

– Je comptais le récupérer plus tard.

Très à l'aise, elle le reprend et le noue autour de sa taille.

– Tu dis ça comme si tu vivais là...

– Ma grand-mère habite juste à côté. Liz et elle sont amies. Elle lui rend visite à l'hôpital, parfois. Liz nous a dit que nous pouvions profiter de la piscine quand je suis de passage.

Liz. Ben n'a jamais prononcé le prénom de sa mère, mais il y a des photos d'elle dans la maison. Ce matin, tu as remarqué un tas de courrier sur un des jeux d'arcade, factures et catalogues adressés à Elizabeth Praxton.

– Ne t'inquiète pas, dit la fille. Je ne suis pas là pour t'espionner. C'est seulement que... on crève de chaud.

– Ça ne me dérange pas, mens-tu, en t'efforçant d'avoir l'air détendue.

– Bref... Merci d'avoir gardé Rhonda.

– Qui ça ?

– Rhonda, répète-t-elle en brandissant le sweat-shirt violet.

– Tu as donné un nom à ton sweat ?

– Je le considère comme une force vitale. Je le portais quand j'ai passé le permis, le brevet, quand j'ai déménagé. Premier baiser, premier petit copain, toutes mes premières fois.

– *Toutes* tes premières fois... ? relèves-tu, surprise de rebondir aussi vite.

La fille baisse ses lunettes de soleil, puis elle sourit :

– C'est très personnel, comme question, de la part de quelqu'un qui ne connaît même pas mon prénom.

– Tu ne connais pas le mien non plus.

– Je n'avais pas gardé le sweat sur moi, tu penses bien... mais il était à côté, comme un témoin.

Elle parle avec les mains, le vernis bleu de ses ongles reflète la lumière. Tu as le sentiment qu'elle n'a pas l'intention de s'en aller, qu'elle restera jusqu'à ce que tu lui dises de partir.

Puis elle s'assoit lourdement sur la chaise longue voisine. Son haut de bikini rose brillant miroite au soleil. Son short en jean déchiré laisse entrevoir la toile blanche de ses poches. Elle a un piercing à la joue et un tatouage au-dessus de la hanche droite, une maxime calligraphiée : *N'attends rien de personne et tu ne seras jamais déçue.*

– Ça vient d'où, ton tatouage ? demandes-tu en le montrant du doigt.

– C'est une citation de l'unique roman de Sylvia Plath, *La cloche de détresse.* Quand mes parents ont découvert ça, ils ont pété les plombs. Ils ont crisé, genre : « Qu'est-ce qui t'a pris ? Tu abîmes ton corps ! Et depuis quand tu es devenue aussi cynique ? »

– C'est vrai que c'est un peu cynique, mais ça me plaît.

Du bout du doigt, la fille trace une ligne sous les lettres.

– N'empêche, ça craint. Je me le suis fait tatouer il y a trois ans. J'en avais treize. Quand ils m'ont dit ça, dans un coin de ma tête j'ai pensé : « Peut-être qu'un jour je le regretterai. Si ça se trouve, je ferai partie de ceux qui ont un tatouage moche, d'un noir un peu verdâtre, et je m'en voudrai pendant des années. Il faudra peut-être que je le fasse enlever. » Pourtant, je suis toujours d'accord avec cette phrase. Je pense encore que c'est vrai. Je préférerais presque le contraire, remarque. Et le tien ? Ça signifie quoi, ces chiffres ?

Elle désigne ton poignet. Par réflexe, tu le couvres à toute vitesse avec ta main.

– C'est un truc débile, réponds-tu en continuant à le cacher.

Elle n'a pas pu le voir dans le détail.

– Allez, quoi ! Si je te montre le mien, tu me montres le tien, c'est normal !

Elle t'adresse un sourire qui ne découvre pas ses dents, mais creuse des fossettes dans ses joues.

– C'est juste un délire avec un copain. Les chiffres, c'est... sa date d'anniversaire.

Tu te demandes si ça pourrait être vrai. Tu repenses de nouveau à ton rêve, au garçon que tu suivais dans la forêt.

– Et les lettres, c'est quoi ? Ses initiales ?

– Ouais. Mais on n'est plus ensemble.

Cette invention te réconforte. Tu te plais à imaginer que tu as aimé quelqu'un assez fort pour graver un souvenir de cet amour dans ta peau. Tu as presque envie d'y croire.

– Et maintenant tu sors avec le fils de Liz... Bud ? Billy ?

– Ben.

– Voilà. Ma grand-mère aurait aimé qu'on s'entende bien, qu'on se fréquente quand je suis en visite chez elle. Il est mignon... mais pas assez original à mon goût. Moi, je préfère le style jean slim, tee-shirt moulant, le look rebelle un peu efféminé. En tout cas, je peux te comprendre.

Leurs liens de voisinage t'inquiètent. Cette fille risque de parler de toi à sa grand-mère, qui ira tout répéter à la mère de Ben. Mieux vaut que personne ne sache qu'il t'héberge, qu'il te prête une brosse à dents et des vêtements.

– On n'est pas ensemble. Je traîne ici de temps en temps, mais il n'y a rien entre nous. C'est juste que c'est plus facile d'être là. Chez moi, c'est pas la joie.

– Je vois le genre... Les problèmes à la maison, je connais.

– Au fait, tu ne devrais pas être en cours ?

– Et toi, alors ?

– J'ai dix-huit ans.

Tu ne peux pas en être sûre, mais comparé à elle qui en a seize, ça te paraît plausible.

– Je fais un break le temps de mon séjour chez Mims... chez ma grand-mère, quoi.

– Tu viens d'où ?

– De Long Island. T'y es déjà allée ? Il n'y a que des centres commerciaux, là-bas, ceci explique peut-être cela.

Tu ne vois pas le rapport, mais son expression change lorsqu'elle évoque ce détail. Elle baisse les yeux, tire sur les fils de son short.

– Je n'y ai jamais mis les pieds.

– Je ne reste ici qu'une semaine, pour me faire oublier, comme on dit. Il y a eu un « scandale », au lycée. La solution de ma mère, ç'a été d'aller sur Internet et de me prendre direct un billet d'avion pour Los Angeles.

Elle a tracé des guillemets fictifs lorsqu'elle a prononcé le mot « scandale ».

– Une semaine chez ta grand-mère... bonjour l'ennui !

– Non, elle est géniale, Mims. Elle fait du yoga tous les jours, elle a trop la pêche. Je te jure, ses bras sont plus musclés que les miens. Et puis chez elle, c'est plus cool. Je ne suis pas obligée de lui rendre des comptes en permanence.

La fille sort son iPhone. Elle navigue sur l'écran tactile, tape quelques mots, puis oriente l'appareil vers toi :

– Tiens, tu veux que je te montre un truc ?

Tu te penches et regardes la vidéo qu'elle a lancée. Au début, on ne voit qu'un petit garçon dans un supermarché. Il n'a pas plus de trois ou quatre ans. À l'arrière-plan, on distingue les jambes de sa mère, qui tourne le dos à la caméra. Le film est silencieux. La jeune femme porte une robe bleue, et elle se trémousse sur une musique qu'on n'entend pas. Elle remue les pieds et lève une main en l'air. Puis une guitare acoustique entame une mélodie. On passe à une femme qui correspond à la description de Mims, filmée alors qu'elle est seule, et qui exécute un demi-tour sur place. La vidéo se poursuit sur toute la durée de la chanson et montre des inconnus d'âges divers qui dansent sans se douter qu'on les voit.

– C'est toi qui as fait ça ? demandes-tu.

– Ouais. Je les mets en ligne sur une chaîne YouTube. Il m'a fallu deux ans pour rassembler tous ces petits instants. Je passais mon temps à sortir mon téléphone, à essayer de filmer les gens. Ça arrive très souvent, tu ne peux pas imaginer. Le gars du métro, avec son casque sur les oreilles, c'est mon préféré.

– À moi aussi.

Elle range le téléphone dans sa poche, puis scrute ses ongles, gratte des écailles de vernis. Lorsqu'elle reprend la parole, elle s'exprime plus lentement, plus doucement aussi :

– Le scandale, c'est à cause de mes films. Mon psy dirait que j'ai utilisé ce mot pour éveiller ta curiosité, parce que je veux que tu saches ce qui s'est passé. Parce que j'avais envie que tu me le demandes. Et c'est peut-être vrai.

– Je vais te poser la question, alors : qu'est-ce qui s'est passé ? C'est à cause de *cette* vidéo ?

– Non, d'une autre. J'aimerais bien te la montrer, mais mes parents l'ont fait effacer de tous les téléphones et les ordinateurs que j'ai eus un jour. Ils ont engagé un pro de l'informatique exprès. Ça traîne encore quand même quelque part en ligne, forcément. Ils n'ont toujours pas pigé comment fonctionne Internet.

– C'était si grave que ça ?

La fille soulève ses lunettes et se penche vers toi :

– Je ne trouvais pas, moi. Tout a commencé à cause d'une photo qui circulait au lycée. Une fille de seconde a envoyé par MMS une photo de sa poitrine à son mec, qui joue dans l'équipe de foot, et lui, il l'a transférée à ses potes, et ainsi de suite. Deux jours plus tard, tout le bahut l'avait vue. Le problème, c'est que ça lui est retombé dessus. C'est elle que tout le monde a critiquée, pas lui. Au bout d'un moment, ça m'a dégoûtée. Alors quelques copines et moi, on a fait une vidéo... où on ne voyait que des lolos.

– Que des lolos ? Comment ça ?

– Que des plans de filles qui se déshabillent. Rien d'autre. J'ai filmé mes copines en train de changer de tee-shirt et de soutien-gorge, puis j'ai tout mis en musique. On n'apercevait pas nos visages. Le message, c'était : « C'est quoi, le malaise ? Pourquoi tout le monde s'acharne sur cette fille ? » Elle a raté les cours pendant une semaine, et ses amies racontaient qu'elle ne mangeait plus et qu'elle pleurait sans arrêt. Moi, je pensais : « C'est bon, ce ne sont que des seins, il faut vous en remettre. »

– Ça s'est mal passé, alors ?

– Eh oui. C'est pour ça que je suis chez Mims. Je suis toujours convaincue d'avoir eu raison… Bref, et toi ? À quoi tu essaies d'échapper ?

La formulation de sa phrase te surprend, et même si tu sais que ce n'est qu'une façon de parler, ça te met mal à l'aise. Aucune raison que la police débarque chez Ben, mais tu ne peux pas t'empêcher de jeter un coup d'œil au portail du fond, de vérifier si rien ne paraît suspect.

– Juste à la sale ambiance chez moi. Mes parents s'enguirlandent sans arrêt. C'est mieux de venir ici pour respirer un peu.

– Oui, carrément…

La fille se lève et va au bord de la piscine. Le bassin pourrait être plus propre, mais elle descend les marches et s'enfonce dans l'eau jusqu'aux mollets. Avant qu'elle ait eu le temps d'aller plus loin, une femme l'appelle de l'autre côté de la clôture.

– Isa, viens. On doit être chez eux dans une demi-heure. Il faut partir bientôt, sinon on va être coincées dans les embouteillages.

– Je dois y aller, dit la fille en remontant, avant de rassembler ses affaires. Mais je serai là demain… et après-demain… et encore après. Je n'ai pas de voiture.

– Moi non plus. Ton prénom c'est Isa, c'est ça ?

– Je préfère Izzy. Et toi, alors ?

– Tout le monde m'appelle Sunny.

– Alors à demain, Little Miss Sunshine !

Tu souris, surprise que ce soit si agréable. Puis tu te rallonges, réconfortée par le soleil, et pour la première fois de la journée, tes épaules se détendent. Il vaudrait mieux que tu ne la revoies pas. Que tu inventes un prétexte et expliques que tu ne seras pas là demain. C'est un risque supplémentaire.

Mais tandis qu'elle se dirige vers le portail, tu restes silencieuse, ce qui semble passer pour une confirmation. Son sweat dans la main, elle te salue d'un geste et disparaît.

13

– Cousine Rita.

Ben gare la Jeep et coupe le moteur. Il n'a pas cessé de sourire de tout le trajet.

– Rita, tu es sûr ? demandes-tu. Pourquoi pas Tess, ou Zaz ? Un truc plus sympa.

Tu abaisses le pare-soleil et observes ton reflet dans le petit miroir. Tu as lissé ta frange pour qu'elle tombe juste au-dessus de tes lunettes et couvre tes sourcils.

– Rita, je trouve ça marrant, déclare-t-il.

– C'est un prénom de vieille dame.

– C'est pour ça que c'est marrant.

Tu regardes dehors par la vitre passager. Des jeunes traversent la pelouse d'un pas titubant ; certains boivent dans un gobelet de plastique rouge, d'autres sortent une flasque de leur poche arrière. L'allée est jonchée de canettes. Derrière le portail métallique, tu ne vois qu'en partie des têtes qui remuent, et de temps en temps une main qu'on lève en l'air.

– Je n'aurais pas dû discuter avec cette fille, tout à l'heure..., dis-tu, pour revenir à la conversation que vous avez interrompue un peu plus tôt.

Tu glisses un doigt sous le bracelet de cuir à ton poignet. Ben l'a retrouvé dans un tiroir et te l'a donné pour cacher ton tatouage.

– Qu'est-ce que tu pouvais faire d'autre ? L'ignorer ? Elle aurait trouvé ça encore plus bizarre.

Ben prend de petits sachets dans la boîte à gants et les fourre dans la poche de son sweat à capuche.

– Ça fait trois jours qu'on a parlé de toi aux infos. Si elle n'a pas vu ta photo à ce moment-là, elle ne la verra jamais, ajoute-t-il. C'est moi qui t'ai accompagnée à l'immeuble de bureaux, et j'ai dû me repasser l'extrait trois fois pour être sûr que c'était bien toi. Au pire, quelqu'un racontera à ma mère que j'ai invité une fille à la maison. Elle sera sans doute soulagée que je n'aie pas passé mon temps en caleçon à me goinfrer de chips devant la télé.

Il sort de la voiture et te fait signe de le suivre. Un couple assis dans l'herbe s'embrasse.

– Alors, c'est quoi la version officielle ? demandes-tu en t'approchant de Ben pour qu'ils ne t'entendent pas. Je suis ta cousine ?

– Exact ! Mais personne ne posera de questions, de toute façon. Nous n'allons pas rester plus de dix minutes.

Tu gardes la tête baissée et caches ton visage derrière ta main. La musique est forte. La maison se dresse sur le flanc d'une colline, la ville en contrebas est silencieuse et paisible. Ben te précède. Les mains dans la poche de son sweat, il palpe les petits sachets que tu l'as vu assembler. Il t'a certifié qu'il allait seulement déposer ça. Un passage express, on ne s'attarde pas, a-t-il promis.

Il tape dans la main d'un garçon qui porte une casquette des Dodgers. Vous vous frayez un passage à travers la foule, vous faufilez entre des filles aux yeux très maquillés et aux cheveux bouclés au fer à friser.

– Rex, je te présente ma cousine Rita ! crie Ben.

Un garçon aux yeux rouges sourit et te salue d'un signe de tête. Ben poursuit son chemin vers des portes-fenêtres coulissantes. À l'intérieur, quelques jeunes fument en bavardant. Ben se retourne et t'attrape la main.

– Je reviens tout de suite, t'annonce-t-il. Tu me promets d'éviter les ennuis ?

– Je vais faire de mon mieux.

Tu te retournes et englobes du regard le jardin noir de monde. Un garçon a sauté dans la piscine tout habillé. Son sweat-shirt flotte autour de lui, son jean colle à ses jambes maigres.

Tu traverses la terrasse, où sont encore suspendus des lampions de Noël, jusqu'à une table encombrée de bouteilles. Deux filles pressent du citron vert dans un mélange rose. Tu te sers un verre de whisky avec des glaçons. Ben avait raison : personne ne semble te remarquer. Les filles discutent de copains qu'elles ont retrouvés dans un parc où elles vont de temps en temps, et d'un concert prévu le lendemain à l'Echoplex.

Perdue au milieu de tout ce monde, tu te sens libre. Des garçons jouent au ping-pong à côté de la piscine. D'autres sont affalés dans l'herbe. Tu portes un tee-shirt très large, un sweat à capuche et un short, tenue passe-partout qui suffit à te rendre invisible. Personne ne se retourne à ton passage. Personne n'examine ton visage. Tu t'assois sur la terrasse et retires tes baskets, puis tu trempes tes jambes jusqu'aux genoux dans l'eau claire et froide.

Tu bois ton verre cul sec. Tu observes la fête qui bat son plein autour de toi. Le garçon qui se baigne nage jusqu'à un matelas gonflable et pose les bras dessus. À l'autre bout de la pelouse, des filles forment un cercle et dansent. Tu penses :

« Voilà à quoi ça ressemble, une vie normale. »

Tu te réchauffes, la douleur à ton flanc s'estompe. Au retour de Ben, tu ignores combien de temps s'est écoulé. Il regarde ton verre :

– Tu t'éclates ?

– J'aurais dû t'en servir un, pardon.

– Nan, je ne bois jamais, répond-il sans sourire, signe qu'il ne plaisante pas.

– Pourquoi ?

– Je ne sais pas. C'est comme ça, c'est tout.

– Donc, tu ne bois pas et tu ne fumes pas, mais tu vends du shit... Pourquoi ?

Un drôle de sourire narquois passe sur ses lèvres. Il s'approche de toi et répond à voix basse :

– Épargne-moi tes leçons de morale, miss Je-suis-recherchée-par-la-police.

– Allez, quoi... ce n'est pas une question piège.

– J'en vends pour gagner de l'argent. C'est la raison la plus évidente, non ?

– Et eux, ce sont des gens de ton bahut ?

– Non, ils sont dans le privé. Moi je vais à Marshall, tu te souviens ? Pour eux, je n'existe même pas.

Tu ne sais pas vraiment où se trouve le lycée Marshall, mais ça explique que vous ayez dû faire une demi-heure de voiture pour venir, sur de petites routes sinueuses où l'on ne voyait pas au-delà de la lumière des phares. Ici, ce qui t'est arrivé te paraît encore plus lointain, tu ne crains même plus qu'on te reconnaisse.

– Ça va, je me débrouille bien ? J'ai l'air normale ? demandes-tu.

Ben rit :

– Ouais, tu as l'air comme un poisson dans l'eau ! Et toi, tu te sens normale ?

– Pour la première fois depuis le début de la semaine, oui.

– En général, je reste dehors le plus tard possible après les cours, explique Ben. Avec des copains, on monte à Griffith Park et on traîne. Ou alors je me balade en voiture. Mais aujourd'hui, c'est bizarre, j'avais envie de rentrer.

– Merci, marmonnes-tu. Enfin... je dois le prendre pour moi ?

– Oui, quand je dis « bizarre », c'est dans le bon sens du terme.

Pendant qu'il était au lycée, tu as remarqué une photo sur la cheminée. On y voit son père, sa mère, et lui, âgé de douze ou treize ans. Le cliché a été pris lors d'une cérémonie. Ben portait un costume et une cravate. Sa mère riait, le regard tourné hors champ. Ils paraissaient heureux, figés en un instant d'insouciance.

– Ton père, les problèmes de ta mère... c'est arrivé quand ? demandes-tu.

– Mon père est mort il y a trois ans. Il en avait dix de plus que ma mère, et il est tombé malade. Il s'est mis à tousser, mais il a continué à aller travailler sans s'en préoccuper. Ensuite, ça a dégénéré. On l'a hospitalisé, puis il est mort.

– Qu'est-ce qu'il avait ?

– Une pneumonie. Moi, j'étais super en colère, parce que je trouvais ça débile, tu comprends ? S'il avait vu un médecin plus tôt, il serait sans doute encore là.

Tu repenses aux funérailles, à l'église qui a existé un bref moment dans ta mémoire. Quand y as-tu assisté ? Était-ce aussi l'enterrement de ton père ? Tu as envie d'en parler, mais ça ne te paraît pas correct – c'est comme si tu comparais la vie de Ben à une vie imaginaire, à quelque chose qui n'est peut-être pas réel.

Il observe les jeunes qui se fraient un chemin dans le jardin noir de monde. Certains tiennent leur gobelet au-dessus de leur tête.

– Ma mère, elle... je ne sais pas quand ça s'est produit. À la mort de mon père, elle a dû régler toutes ses affaires.

Il y a des tas de choses dont il ne lui avait pas parlé, et je sais que ça l'a beaucoup stressée. Et puis je me suis rendu compte qu'elle perdait la boule... elle s'est mise à me cacher des trucs. Je ne la reconnaissais plus. On l'a admise au centre il y a deux mois.

Tu avances la main vers la sienne, glisses tes doigts sous les siens, pour voir quel effet ça fait. Son expression devient plus grave, et pendant quelques secondes tu te sens hésitante, nerveuse même. Son visage n'est qu'à quelques centimètres du tien.

Ben serre ta main, l'attire près de lui avec une grande délicatesse. Puis il regarde vers la fête, où d'autres jeunes se sont jetés à l'eau tout habillés. Une fille est assise sur les marches du bassin. Son short en jean, son chemisier et ses cheveux sont trempés, son mascara dégouline sur ses joues.

– Voilà, tu sais tout, dit Ben en souriant. C'est fini, les questions ? On peut aller s'amuser, maintenant ?

– Finies les questions, oui.

– Parfait, alors on s'en va.

Il se lève et t'aide à te mettre debout en te tirant par le bras. Tu renfiles tes baskets, tandis que Ben s'éloigne déjà. D'un pas maladroit, tu essaies de le rattraper :

– Où va-t-on ?

– On va nager, répond-il sans même se retourner.

Dans la piscine, un garçon se hisse tant bien que mal sur une bouée rose fluorescent.

– Où ? Chez toi ?

– Mieux que ça. Tu vas voir.

14

Il est difficile de déterminer où le chemin se termine et où commencent les broussailles. Les mains appuyées dans le dos de Ben, tu descends le sentier tortueux. En contrebas, l'océan argenté miroite sous le clair de lune.

– On est bientôt arrivés, annonce Ben. C'est juste là.

Un escalier métallique accroché à la falaise rocheuse conduit à une étroite bande de sable. Tu mets tes pas dans ceux de Ben, qui évite les trous dans les marches mangées par la rouille. Tu t'agrippes à la rambarde, et de l'autre main tu serres la bretelle de ton sac à dos. Peu après, vous êtes sur la plage.

Quelques rochers dépassent des hauts-fonds. À une trentaine de mètres, un vieux voilier est couché. Tu distingues la côte plus au sud, parsemée de points lumineux. Au loin, on aperçoit une grande roue.

– C'est un de mes endroits préférés, dit Ben. On venait ici quand j'étais petit.

Il se tourne face à la mer et se met torse nu. Tu poses ton sac et en sors une fine couverture, que tu étends sur le sol.

Tu retires ton sweat-shirt et l'abandonnes sur le sable. Ben nage déjà vers un affleurement rocheux. Tu retrousses ton short, noues ton tee-shirt au-dessus de ton nombril, puis t'enfonces dans l'eau froide qui lèche tes chevilles, tes cuisses, tes hanches.

Tu prends une grande respiration et plonges pour aller là où l'eau est plus profonde. Tu n'as plus pied, mais tu te laisses porter par les vagues avec facilité, et tu te demandes où et quand tu as appris à nager. En quelques secondes, tu es à trois ou quatre mètres des rochers. Derrière eux, une falaise imposante s'élève à presque dix mètres de haut.

Les vagues clapotent contre le pied de l'escarpement, où s'amassent des goémons. Tu te sens étrangement attirée par les rochers, qui luisent de reflets dorés. Sans réfléchir, tu te hisses dessus, trouves des prises et commences l'escalade.

– Qu'est-ce que tu fais ? crie Ben, quelque part plus bas.

Tu ne lui réponds pas. La pierre est glissante et sombre, couverte d'algues. Tu enfonces les doigts dans les fentes et, les paumes échauffées par le frottement, tu montes un mètre cinquante plus haut, où la roche est sèche et rugueuse. C'est un jeu d'enfant. Tu es comme blottie contre la falaise. Très vite, tu es six mètres au-dessus de la surface, peut-être plus.

– Sérieux, Sunny ! hurle Ben. Tu vas te tuer ! C'est pas assez profond pour sauter !

Tu atteins une saillie étroite, large de quinze centimètres tout au plus. Tu te plaques contre la paroi et te retournes vers l'océan. De là-haut, Ben paraît tout petit. Devant toi, le ciel s'étend à perte de vue.

Ben te parle, mais tu ne l'entends plus. Tu as déjà poussé sur tes jambes. Tu sens contre toi le frôlement de l'air, le vent sur ton corps qui se précipite dans le vide. Tu écartes les bras et cambres le dos. L'eau approche à toute vitesse. Au dernier moment, tu te redresses en battant des pieds.

Lorsque tu perces les flots, tu te sens plus éveillée, plus vivante que jamais. Tu as les yeux fermés, le silence t'enveloppe, et soudain la vision d'une forêt t'apparaît. Tu vois un surplomb moussu à côté d'une cascade. Une silhouette passe derrière. Tu relâches ton souffle, des bulles s'élèvent autour de toi, puis l'image s'efface.

Quand tu remontes, Ben est hilare.

– La vache ! s'exclame-t-il. C'était mortel. Où t'as appris à faire ça ?

Il rit encore, tu chasses l'eau de tes yeux. Ça aussi, tu l'as déjà fait. Quand et où, tu n'en as aucune idée.

– Je ne sais pas. C'est venu naturellement.

L'excitation du saut s'attarde en toi, ton cœur bat la chamade, tu ressens des picotements à l'endroit où ta peau a heurté la surface.

Tu repars vers le rivage, Ben te suit en nageant à toute vitesse, sans parvenir à te rattraper. Tu atteins le bord et continues en marchant. Sur le sable, tu tords ton tee-shirt pour l'essorer.

Il te faut un moment pour remarquer Ben. Figé au bord de l'eau, il t'observe.

– Tu regardes quoi, là ? le taquines-tu.

Sans te répondre, il prend la couverture sur le sable et t'en enveloppe les épaules, mais il ne la lâche pas.

– Toi, c'est tout.

– Comment ça, « c'est tout » ? rétorques-tu en faisant semblant d'être vexée.

– C'est parce que toi, je...

Il sourit :

– Allez, quoi... c'est pas facile de dire à une fille qu'elle est jolie, sympa, et... différente des autres.

– Tu n'avais encore jamais rencontré de fille amnésique ?

Il rit encore.

– Non, répond-il d'un ton plus doux. Tu es la première.

– Tu n'as jamais fréquenté de braqueuse de banques ? murmures-tu.

Avant que tu aies pu ajouter quelque chose, il pose ses lèvres sur les tiennes.

Tu te laisses faire, tu prends son visage entre tes mains. Puis il t'attire contre lui, et tu passes les bras derrière son dos musclé. Il s'agenouille et t'attire sur le sable.

– Je suis content que tu m'aies surpris en train de dealer au supermarché.

Sa main glisse sur ton ventre, il caresse ton nombril du bout du doigt.

– Et moi je suis contente de t'avoir surpris en train de dealer.

– Alors je suis content que tu sois contente de m'avoir...

Tu ne le laisses pas terminer sa phrase ; tu bascules sur lui et l'embrasses. Tes cheveux mouillés gouttent sur son torse. Tu essuies l'eau, effleures sa peau. À son tour, il te couvre de baisers, sur l'épaule et dans le cou. C'est si agréable que ça te manque dès qu'il arrête. Il s'écarte et passe le doigt sur ta cicatrice :

– Ça date d'avant, ça ?

Tu te détournes et la caches sous ta main :

– C'était là quand je me suis réveillée.

Lentement, avec douceur, il écarte tes doigts. Tu fermes les yeux, car tu ne veux pas voir son visage. Tu sens la chaleur de son souffle sur toi, puis il embrasse la cicatrice sur toute sa longueur.

– Ça me révolte, susurre-t-il. Tu ne mérites pas ça.

– Qu'est-ce que tu en sais ? J'ai peut-être...

– Je le sais, c'est tout.

Il semble si sûr de lui que tu as envie de le croire. Il se rallonge, tu poses la tête sur sa poitrine et rabats la couverture sur vous.

– Ça va revenir, dis-tu, sans vraiment savoir qui tu cherches à rassurer. Je vais retrouver la mémoire.

– Je sais.

Il te serre contre lui. Tu restes étendue ainsi, du sel et du sable dans les cheveux, pendant qu'il s'endort.

Tu voudrais dormir, toi aussi, mais tu n'y parviens pas. Dix minutes s'écoulent, puis dix de plus ; tu as froid, tu es agitée, tu penses trop au carnet dans ton sac à dos. Tu te sépares de Ben avec précaution, en prenant soin de ne pas le réveiller.

Tu sors un tee-shirt et un pantalon secs de ton sac, et tu te changes. Tu essores tes cheveux et les noues en queue-de-cheval, essuies le sel qui a séché sur ton visage. Puis tu prends le carnet et relis ta dernière liste.

- L'homme portait une chemise blanche et un pantalon noir
- Il conduisait une Camry gris métallisé sans plaques d'immatriculation
- Il m'a suivie deux fois : d'abord au petit restaurant près de Hollywood Boulevard, puis à la gare routière cinq rues plus loin
- Il m'a retrouvée à une journée d'intervalle
- Il a tué la femme qui me pourchassait
- Il m'a sauvé la vie

Tu reviens sans cesse sur deux lignes en particulier : *Il m'a suivie deux fois. Il m'a retrouvée à une journée d'intervalle.* À deux reprises, il t'a trouvée. Il savait où tu étais, et a surgi de nulle part comme par magie. La première fois, il t'a peut-être trouvée par hasard, puis il est possible qu'il t'ait pistée d'un lieu à l'autre... Tu retournes ces pensées dans ta tête, songes aux nombreuses heures qui se sont écoulées entre ton repas au restaurant et ton arrivée à la gare routière, aux innombrables endroits où tu es passée entre-temps – mais c'est un mot précis qui retient ton attention : « pister ».

Tu attrapes ton sac à dos, le manipules aussi vivement que s'il était en feu. Tu le vides sur le sable et éloignes les vêtements, tu déplies le plan et le pinces entre tes doigts pour voir si on a pu glisser quelque chose dedans. Tu examines tout au peigne fin, feuillettes les billets, ouvres le canif et inspectes la bombe lacrymogène.

Sur le point d'abandonner, tu te penches sur la doublure du sac. Tu en scrutes chaque centimètre, palpes les pièces de toile. Au bout d'un moment, tu découvres un épais carré de métal niché derrière l'étiquette. D'un coup de couteau, tu l'arraches, et il tombe dans ta main.

Ton cœur bat à se rompre, ton souffle est si court qu'il en est douloureux. C'est un objet un peu plus petit qu'une batterie de téléphone, qui pourrait passer pour un système antivol.

Tu jettes un coup d'œil à Ben, toujours endormi, protégé de la brise marine par la couverture. Tu te refuses à le mettre davantage en danger. Tu ranges tout dans le sac et t'en vas, remontes l'escalier métallique, regardes Ben une dernière fois avant de t'engager sur le sentier de la falaise. Au bout du chemin, tu passes devant sa Jeep et descends la route étroite qui te ramènera à la Pacific Coast Highway.

« Il savait où j'étais, penses-tu. Il sait où je suis. »

Tu marches très longtemps. S'il t'a déjà suivie, il reviendra, pas vrai ? Combien de temps te faudra-t-il pour l'appâter à nouveau ? Le moment est venu d'obtenir des réponses, de la part du seul qui soit en mesure de te les fournir. Tu vas devoir lui tendre un piège. S'il t'a déjà suivie deux fois, il recommencera.

Tu continues ta marche dans l'obscurité, en attendant d'arriver à une bifurcation. La Jeep de Ben va-t-elle te dépasser à toute allure ? Quand tu atteins la nationale, tu fais du stop. Au bout de quelques minutes, une femme âgée s'arrête et te propose de te déposer plus au sud.

15

L'homme attend devant le foyer pour jeunes depuis presque une heure. Malgré la climatisation de la voiture, il fait très chaud, les glaçons de son gobelet ont fondu et dilué son soda light. Il regarde la photo posée sur le siège passager. Le garçon doit avoir dix-sept ans à tout casser. On l'a photographié de profil. Son nez semble avoir été cassé quelques fois déjà. Un tatouage dépasse de son col, un prénom écrit en lettres compactes.

Il est presque midi. L'homme est convaincu que le garçon est entré sans qu'il l'ait vu. La seule solution, à présent, c'est de l'intercepter quand il ressortira. Ce serait plus facile de pouvoir se renseigner auprès du responsable des admissions, de graisser la patte à l'employé de l'accueil. Mais il a reçu des instructions précises. Gare-toi là, attends là, aborde-le lorsqu'il se sera éloigné de tant de pâtés de maisons. Le recrutement devient plus réglementé. Depuis quelque temps, il ne peut pas bouger le petit doigt sans demander la permission.

Il ouvre la boîte à gants. À côté du rouleau de billets, il y a un paquet de M&M's. Si elle le savait, Maureen le tuerait. « Rien qu'un seul ? raillerait-elle. Tu ne te contentes jamais d'un seul. » Il en sort un, roule le haut du sachet pour le sceller, puis il le remet dans la boîte à gants, le cache derrière l'argent.

« Voilà, songe-t-il, en refermant le compartiment. Comme ça, je n'y penserai plus. Je n'en mangerai pas d'autres. »

Mais dès qu'il croque dans la cacahuète chocolatée, il en veut une autre. Avant même de l'avoir avalée, il s'apprête à ressortir le paquet. La seule chose qui l'en empêche, c'est son téléphone, qui se met à vibrer dans la poche de sa chemise.

L'écran affiche *Numéro masqué*, comme pour la plupart des appels qu'il reçoit. Il décroche quand même.

– Ouais ?

– C'est moi. J'ai une question rapide.

Avec Ivan, il n'y a jamais de questions rapides. Il faut toujours qu'on le calme, qu'on l'apaise. Il ne travaille pour eux que depuis deux semaines, et depuis, il n'arrête pas de l'appeler, il demande sans cesse à être rassuré alors que le plus difficile reste à venir.

– Qu'est-ce que vous voulez ? Je suis occupé.

– Le dispositif de repérage ne se déplace plus.

– Où est-il ?

– Dans un parc. Ça fait deux jours qu'il n'a pas bougé d'un seul mètre.

– Alors...

L'homme observe les portes du foyer. Un type de petite taille au tee-shirt taché sort, un sac marin jeté sur l'épaule. Ce n'est pas lui.

– Qu'est-ce que je fais ? Je leur ai déjà indiqué l'emplacement.

– Si ça vous inquiète, allez vérifier. En attendant, vous devriez les mettre au courant.

Deux autres jeunes sortent, s'attardent quelques instants sur le trottoir, puis tournent à droite. Le garçon apparaît derrière eux – crâne rasé, sweat-shirt roulé en boule sous le bras. Il ne remarque pas la voiture garée en face.

– Qu'est-ce que ça veut dire ? Vous pensez qu'il s'est passé quelque chose ?

– Cette semaine, il a fait plus de trente-sept degrés tous les jours. Elle est dans un parc et elle y reste. Qu'est-ce que vous croyez que ça signifie ?

Sans attendre la réponse d'Ivan, l'homme raccroche, glisse l'appareil jetable dans sa poche de pantalon et sort. Il marche dix mètres derrière le garçon, en souriant parce qu'il sait que cela lui donne l'air plus sympathique, plus accessible. Il veut que le gamin lui fasse confiance.

Dans deux pâtés de maisons, il l'abordera. Il éponge la sueur sur son front, tourne au croisement et s'éloigne du foyer. Plus que deux pâtés de maisons.

16

Des phares. Un bruit de pneus qui roulent lentement sur les gravillons, puis le moteur se coupe et le silence revient dans le parc. Lorsque le soleil a commencé à se coucher, tu as fermé les yeux quelques minutes seulement, et à présent les environs sont plongés dans l'obscurité. Il y a une voiture sur le parking. La portière s'ouvre et se referme. Un homme tapote l'écran de son téléphone tout en s'engageant sur le sentier, six mètres plus bas.

Grâce à la luminosité de la pleine lune, il t'est plus facile de voir le coude du chemin où tu as enterré la balise de repérage, sous un gros rocher rectangulaire. Tu es là depuis deux jours, tapie dans les fourrés. Tu as laissé Ben seul sur la plage. Il est sans doute inquiet, il doit se demander ce qui t'est arrivé, où tu es. Mais ce n'est pas le moment de s'en soucier. Ce stratagème est nécessaire. Si le dispositif ne bouge pas, toi non plus, et l'homme est enfin venu comprendre pourquoi.

Il regarde en l'air, la tête levée dans ta direction. La lueur bleutée de son téléphone éclaire son visage. Toi, tu es en hauteur, derrière d'épais buissons, à quelques pas d'un autre sentier étroit. Tu as caché ton sac à dos dans un fossé à côté de toi, avec les bouteilles d'eau vides et les ordures des deux jours passés, les emballages des sandwiches que tu as achetés à la cafétéria du planétarium situé un peu plus loin dans le parc. Dans ton sac, tu cherches les colliers de serrage et la corde que tu t'es procurée dans un surplus de l'armée. Tu palpes ta poche pour vérifier si ta bombe lacrymogène y est toujours. Ton couteau est glissé à ta ceinture.

De temps à autre, l'homme consulte son écran. Il vient vers toi. Tu n'es qu'à quelques mètres de lui.

Il disparaît, puis reparaît au détour du virage. Alors qu'il approche du dispositif, il sort un autre téléphone. L'appareil vibre. Il répond.

– Je suis sur place, dit-il. Je vous préviens dès que j'ai du nouveau.

Tu reconnais sa voix, mais tu ne te rappelles pas où tu l'as déjà entendue. Était-ce en rêve ? Connaissais-tu cet homme par le passé ? Il se détourne, un poing serré. Son correspondant est en train de lui parler. L'homme ne cesse d'ouvrir et de fermer la bouche pour répondre, pourtant il n'émet qu'un chapelet de « mais » et de « oui, mais ».

Il raccroche, reprend son smartphone, jette un coup d'œil au sentier, puis revient à son écran. Il se trouve à quelques pas seulement du traceur. Les yeux plissés, il fouille les fourrés en s'éclairant avec son mobile.

Tu sors du buisson et longes le chemin jusqu'à lui. Il est enfoncé dans les broussailles, dos à toi. Il est plus mince que dans ton souvenir, sa peau est si pâle qu'elle lui donne un air de fantôme. Il écarte des branches, le bras levé pour protéger son visage, et s'agite tellement que tu as presque de la peine pour lui. Il semble très différent de l'homme que tu as vu dans le parking à étages.

Il ne porte plus ni étui ni pistolet à la ceinture, et d'après toi, il n'a rien d'autre sur lui que ses téléphones. Tu n'es qu'à trois mètres de lui, maintenant, assez près pour l'entendre respirer, ta bombe lacrymogène dans la main, le doigt sur le bouton. Lorsqu'il avance d'un pas de plus, tu fonces vers lui. Tu as soudain conscience d'être très menue – il mesure une tête de plus que toi, et bien qu'il ne soit pas trop costaud, il est rapide et se retourne avant que tu aies parcouru la moitié de la distance.

Tu l'asperges avec ta bombe, un jet de liquide l'atteint au nez et à la bouche. Il se plie en deux en grimaçant et couvre ses yeux de ses mains. Dans la faible luminosité, tu aperçois la sueur qui ruisselle sur son front.

Une fois certaine qu'il ne peut pas te voir, tu avances encore et sors un collier de serrage de ta poche. Tu le passes autour de son poignet, pousses son autre main dans la boucle et tires fort. Il tente de s'enfuir, mais il chute et se cogne le menton contre le sol.

Il se retourne, le visage enflé et marbré, la peau rougie par le produit.

– Je te croyais morte, déclare-t-il, en laissant retomber sa tête sur la pente rocailleuse. J'aurais dû me douter que c'était une ruse. Ils m'ont prévenu que tu étais futée.

– Je vous connais, dis-tu, en comprenant soudain où tu as déjà entendu sa voix.

C'est lui qui t'a répondu au téléphone. C'est lui qui t'a donné pour instruction de te rendre dans l'immeuble de bureaux.

– Vous m'avez attirée dans un piège.

Tu dégaines ton couteau, t'approches de lui et presses la lame contre sa gorge. Tu meurs d'envie de savoir... tu voudrais juste le forcer à te livrer une vérité, n'importe laquelle.

– Qui êtes-vous ? demandes-tu. Pourquoi cette femme a-t-elle essayé de me tuer ? Pourquoi s'en est-elle prise à moi ?

C'est seulement lorsqu'il sent l'acier sur sa peau qu'il se contracte. Tes doigts se serrent sur le manche, et une voix familière résonne en toi. « Ne le tue pas. Nous ne sommes pas des assassins. Nous ne sommes pas comme eux. »

Ces mots sont très présents, ils te semblent si réels que tu te détournes et t'attends à voir le garçon de ton rêve juste derrière toi. C'était sa voix, tu en es sûre, alors tu fermes les yeux et tentes de l'entendre encore. Très vite, tu sais qu'elle ne reviendra pas. Et *lui* non plus.

L'homme lève la tête vers toi, à peine capable d'ouvrir les yeux :

– Oui, je t'ai attirée dans un piège. C'est moi que tu as eu au téléphone.

– Mais pourquoi ? Pourquoi m'avez-vous dit d'aller là-bas ? Pourquoi en avait-elle après moi, cette femme ?

– Je ne sais pas, répond-il d'une voix chuintante.

Tu te rends alors compte que ton bras s'est décalé, que ton poignet presse contre sa trachée. Tu le relâches et t'éloignes de quelques pas.

L'air effrayé, l'homme parle de plus en plus vite, ses mots se bousculent :

– Ces gens m'ont payé pour préparer ce bureau, mais ils sont passés par des intermédiaires. Il y a probablement quatre personnes entre nous. Je ne connais même pas leurs noms.

– Le vôtre, vous le connaissez. Qui êtes-vous ?

– Ivan. Ivan Petrovski.

– Expliquez-moi. Je vous écoute.

– Il y a un mois, je m'occupais de quelques bricoles pour un type. C'était l'ami d'un client à qui j'ai trouvé une maison à acheter… je suis agent immobilier. Bref, il m'a parlé d'une autre mission, pour laquelle l'un de ses collègues cherchait quelqu'un. Avec quinze mille dollars à la clé. Il fallait placer une balise de repérage sur une personne, puis rendre compte de ses déplacements. J'allais aussi me charger d'autres choses au début et à la fin.

– D'autres choses comme donner l'impression que j'avais cambriolé des locaux, c'est ça ?

– J'ignore pourquoi ils voulaient que la police te recherche. Ils ne m'ont rien expliqué. Ils m'ont juste confié la tâche de tout mettre en place, et dès que tu aurais quitté la station de métro, de surveiller tes allées et venues. Pour l'instant, ils m'ont appelé deux fois pour me demander où tu étais.

– C'est qui, « ils » ? Ceux à qui vous parliez au téléphone ?

– Je reçois des ordres précis de la part de quelqu'un qui en reçoit de quelqu'un d'autre. Ce n'est pas très clair, en fait... je ne sais pas vraiment qui c'est.

Il change de position, essaie de s'asseoir.

– Donc, vous avez accepté de travailler pour eux sans poser de questions ?

L'air dubitatif, l'homme hausse les épaules :

– J'avais besoin d'argent, et une fois que j'avais donné mon accord, je n'ai pas trouvé le moyen de me rétracter. Mais je ne suis pas quelqu'un de mauvais. Quand j'ai vu qu'elle allait te tuer, je l'en ai empêchée. Je t'ai sauvé la vie.

– C'était qui, cette femme ? Qu'est-ce que je lui ai fait ? Est-ce qu'elle me connaissait ?

– Je ne sais pas qui c'était, je ne l'avais jamais vue.

– Si vous ne la connaissiez pas, pourquoi vous lui avez tiré dessus ? Pourquoi pas sur moi, plutôt ?

L'homme plisse fort les paupières.

– Ce n'était pas prévu. J'ignorais ce qui allait arriver. Je leur avais fourni les renseignements sur la gare routière, et même si on ne l'attendait pas de moi, je t'ai suivie. Depuis plusieurs semaines, je leur obéissais au doigt et à l'œil, et je commençais à me sentir un peu... agité. J'avais le pressentiment qu'il allait se produire quelque chose, et je voulais découvrir quoi, savoir pourquoi on me payait. Ensuite, j'ai compris qu'elle allait te tuer, et là, j'ai eu un déclic... je ne sais pas. J'ai une fille un peu plus jeune que toi. J'avais le pistolet dans la voiture... j'ai tiré, c'est tout.

– Et maintenant, qu'est-ce qui va se passer ? Ils veulent se venger de vous ?

Il secoue encore la tête, et pour la première fois tu remarques qu'il a une grosse cicatrice à la place de l'oreille droite.

– Je leur ai dit que c'est toi qui l'avais tuée. Je n'avais pas le choix...

– Pourquoi ? Pourquoi vous avez fait ça ? demandes-tu d'une voix tremblante.

La panique t'envahit de nouveau. S'ils voulaient déjà ta mort avant, que va-t-il advenir à présent ? Comment vont-ils réagir en pensant que tu as assassiné l'une des leurs ?

L'homme ne répond pas. Difficile de déterminer s'il en sait plus qu'il n'en dit, mais tu n'as aucune raison de rester là, à l'écouter, à tenter de distinguer la vérité du mensonge. Tu t'agenouilles, fouilles ses poches, en sors l'un de ses téléphones et des clés de voiture.

Le portable est un modèle jetable, d'aspect si peu solide que tu pourrais sans doute le casser à mains nues. Tu fais défiler l'historique des communications récentes. Pour la plupart, il s'agit de numéros masqués, mais au bout d'un moment tu en trouves un qui s'affiche. Tu appuies sur le bouton d'appel.

– Qu'est-ce que tu fiches ? demande Ivan, en t'observant avec inquiétude.

Tu te détournes et plaques le mobile contre ton oreille. Deux sonneries retentissent.

– Agence immobilière Esposito, déclare un homme.

Il te faut une seconde avant de répondre. Il est presque neuf heures du soir, plus tard encore sur la côte Est. Une agence normale serait fermée.

– Je tiens Ivan, annonces-tu.

– Où êtes-vous ?

– Raccroche ! hurle Ivan qui, derrière toi, tente de se libérer, l'air affolé. Ils savent où je suis.

Tu regardes l'écran, le décompte des secondes. Sans réfléchir, tu presses le bouton « Fin d'appel ».

– Tu n'aurais pas dû les contacter ! crie Ivan.

Il essaie de se lever, mais, les mains toujours attachées dans le dos, il ne peut que remuer avec maladresse sur le sol irrégulier.

– Maintenant, ils savent que tu es au courant. Ils vont venir ici – ils vont nous tuer tous les deux.

Son regard se dirige vivement vers le parking en contrebas.

– On doit partir. Ils seront bientôt là.

Il rampe jusqu'au sentier où, au prix d'un grand effort, il tente de se mettre debout. Les épaules voûtées vers l'avant, la tête baissée, il tire les bras en arrière pour se redresser, mais il finit par trébucher.

Toi, tu restes où tu es, tu observes le parking. Le parc est plongé dans l'obscurité. Sur une route étroite, en face, les lumières sont presque imperceptibles à travers les broussailles et les arbres qui bouchent ta vue. Au bout d'un moment, toutefois, tu aperçois l'éclat des phares.

Une Mercedes noire entre dans le parking et se range juste à côté de la voiture grise.

– C'est eux ! s'écrie Ivan. Laisse les téléphones ici. Celui-là est équipé du GPS.

À ta droite bifurque un chemin raide. Tu jettes les appareils dans les fourrés et pars en courant. Si tu parviens à gravir ce sentier, tu récupéreras un raccourci pour l'observatoire. Là-bas, il y a plus de voitures, plus de monde.

Alors que tu y es presque, tu reportes ton attention sur Ivan, silhouette recroquevillée sur elle-même à côté des buissons. À genoux sur le sol, il se tortille pour se défaire de ses liens. Tu t'arrêtes. Comment peux-tu l'abandonner ainsi ? S'il dit vrai, comment peux-tu fuir en sachant qu'ils le tueront ?

– Je t'en supplie, déclare-t-il. Je n'ai aucune chance de m'en tirer.

Il observe le véhicule en contrebas. Deux hommes en sont sortis. Ils ouvrent les portières de la voiture d'Ivan, puis fouillent le coffre.

Tu tires ton couteau de ta ceinture et avances vers lui, puis tu tranches la courroie de plastique qui emprisonne ses poignets. À plusieurs reprises, il serre les poings puis les rouvre afin de relancer la circulation du sang dans ses doigts. Quand il te regarde, il a les larmes aux yeux.

Vous partez tous les deux en courant, dans des directions différentes. Dans l'obscurité, la pente rocailleuse est plus difficile à gravir. Tandis que tu grimpes en t'aidant des mains, tu aperçois Ivan du coin de l'œil. Il dévale un des sentiers secondaires, qui serpente jusqu'à un autre chemin, loin de la balise. Il ne connaît pas cette partie du parc aussi bien que toi. C'est sûrement la première fois qu'il vient. Tu as envie de l'appeler pour le prévenir, mais il a déjà disparu derrière le virage. Il se précipite vers le parking, où se trouvent les hommes.

Tu accélères ton ascension. Tes mains éraflées saignent. Quand tu atteins enfin le sommet, le chemin débouche sur un autre sentier, qui traverse un petit bois et conduit au planétarium. À ce moment-là, tu t'arrêtes en haut de la côte abrupte.

Des lampes torches remuent dans le noir, dévoilant la position de tes poursuivants. L'un d'eux est juste à côté du buisson où tu as caché le dispositif. L'autre attend sur le parking. Un cri, étouffé mais retentissant, s'élève. Puis la lampe électrique tombe. Une silhouette s'éloigne en courant derrière les arbres.

– Je l'ai trouvé, lance le premier homme à son comparse. Il est là.

Depuis ta position, tu ne distingues pas le visage de l'autre. Une casquette de baseball noire cache ses yeux. Il se met à genoux dans la terre et creuse sous jusqu'à trouver le dispositif de métal.

Il retourne l'objet dans ses mains tout en scrutant les alentours.

17

La lampe électrique fouille la pente enténébrée, elle te cherche. Au passage du faisceau, tu te plaques contre un tronc d'arbre. Le rayon lumineux s'attarde sur des broussailles à trois mètres de toi, puis disparaît. Tu écoutes s'éloigner les pas de l'homme. Lorsque le silence se fait à nouveau, tu repars.

Dans le petit bois, tu te sens en sécurité. Ton corps semble s'adapter naturellement au terrain irrégulier, tu évites sans mal les racines et les branches basses. Après avoir emprunté un chemin raide et caché derrière la végétation pour retourner vers le parking, tu restes à l'abri des l n'y a que les deux voitures. Le plafonnier de s éclaire l'habitacle, la portière est ouverte. À son omme à la casquette secoue la tête :

s'est tirée. Impossible de retrouver les clés. Il faudra revenir chercher la bagnole.

Il s'installe sur le siège passager. Ivan est assis derrière lui, la tête baissée, les épaules voûtées. Lorsqu'il éponge son front, tu remarques qu'ils lui ont attaché les mains avec de la corde.

Puis les phares s'allument. Le moteur démarre. La voiture s'éloigne, et tu te rends compte qu'avec elle s'en va aussi ta seule chance de savoir, de découvrir la vérité. Dans ta poche, tu serres les clés entre tes doigts. Il faut que tu les suives. Dès que la Mercedes a quitté le parking, tu cours à toute vitesse et prends place au volant de la voiture d'Ivan.

Le véhicule sent l'eau de Javel. La boîte à gants est ouverte, on l'a vidée. Il n'y a rien sur le sol ni sur les sièges. Il te faut quelques secondes pour trouver la bonne clé, mais ensuite tes gestes sont machinaux, ton pied pousse la pédale de frein, tu enclenches la première de la boîte automatique. Feux éteints, tu descends la côte presque sans appuyer sur l'accélérateur.

Tu restes loin derrière, attends que la Mercedes soit sortie de ton champ de vision pour tourner à droite à ton tour. La route est presque déserte ; tu ne croises que quelques voitures. Tu suis une camionnette qui roule lentement sur la voie de droite, tu avances quand elle avance, en laissant une courte distance entre elle et toi.

Au bout de quelques kilomètres, la Mercedes disparaît un moment. Dans un coin de ta tête, tu enregistres les endroits qui se succèdent sur le trajet – un restaurant thaï à l'enseigne décorée d'une fleur de lotus, un motel gris et rose, un pont autoroutier et deux stations-service installées l'une en face de l'autre. Tu lis à voix haute les noms des rues transversales, tu les répètes quand tu passes sous les panneaux, en espérant te rappeler le chemin. *Western, Gower, Highland, La Brea.* C'est seulement après être arrivée en haut d'une côte que tu revois la voiture noire. Elle prend à gauche vers une bâtisse basse dont plusieurs fenêtres sont protégées par des barreaux.

Presque aussitôt, elle se range devant le trottoir de droite. Tu continues jusqu'au feu tricolore suivant, fais le tour du pâté d'immeubles. En moins d'une minute, tu es revenue par l'autre côté, phares toujours éteints, et tu t'arrêtes doucement à une distance raisonnable de la Mercedes.

Trop occupés à sortir Ivan de la banquette arrière, les hommes ne te remarquent pas. Ils se dirigent vers l'entrée.

Tandis qu'ils pénètrent à l'intérieur, tu traverses les jardins des voisins. Une partie de la maison est recouverte d'une bâche en plastique. Tu escalades le grillage, contournes la bâtisse pour gagner une arrière-cour bétonnée, puis tu longes le mur de derrière.

Seule une fenêtre est éclairée. Le verre est si sale que tu dois frotter l'épaisse couche de poussière pour voir à travers. Ivan est là avec les deux hommes. La maison est presque vide, le vestibule est rempli de matériel de chantier – des échelles et des bâches frappées du logo *Parillo Construction.* Dans le salon, on a entreposé plusieurs tables. Des documents en couvrent le moindre centimètre carré.

Des cartons de dossiers sont empilés près de la porte. Sur un plan de Los Angeles accroché à un mur, on a piqué de nombreuses punaises rouges. Sur un autre mur, on a placardé une dizaine de photos. Tu n'en distingues nettement que trois – un faucon, un cobra, un requin. Sur chacune d'entre elles est inscrit le nom d'une ville – New York, Los Angeles, Miami. Tu voudrais t'approcher des autres photos, mais il n'y a qu'une seule fenêtre de ce côté-là du rez-de-chaussée.

L'homme à la casquette noire s'appuie contre une table, les yeux fixés sur Ivan :

– Alors, il paraît que tu viens de passer quelques jours mouvementés ?

Ivan hoche la tête, l'air hésitant. Il triture la corde qui enserre ses poignets.

– Je vous ai raconté tout ce que je sais sur le meurtre. J'ai vu la fille la tuer, et puis elle s'est enfuie. Je me suis débarrassé du cadavre. C'est tout.

– Ce que je n'arrive pas à comprendre, c'est ce que tu faisais là quand ça s'est produit, reprend l'homme. Sacrée coïncidence que tu aies été en train de contrôler la balise juste à ce moment-là. C'est un coup de chance pour nous, remarque...

Ivan reste immobile, conscient que ce n'est pas encore son tour de parler. Sa peau est déjà couverte d'une pellicule de sueur. Des taches de transpiration assombrissent ses aisselles. L'homme lance un regard en biais à son comparse, comme pour qu'il l'aide à évaluer la réaction d'Ivan.

– Et maintenant, ce dernier retournement de situation. Tu nous indiques où elle est, puis tu te rends sur place, et la fille nous appelle avec ton téléphone. Qu'est-ce qu'on doit en penser ? Ça ne fait pas un mois que tu travailles pour nous, et tu te plantes déjà.

– Se planter, c'est peu dire, renchérit l'autre.

Après une longue pause, Ivan se manifeste enfin.

– Ce n'est pas ma faute, rétorque-t-il. Elle a laissé le dispositif là-bas quelques jours et m'a attendu ; elle savait que je viendrais. Elle voulait des renseignements concernant l'immeuble de bureaux et ce qui s'y est passé. Elle m'a questionné sur la femme qui l'a pourchassée. Mais je ne lui ai rien dit, je le jure.

Sa voix déraille, il bafouille. Un maigre filet de sueur dégouline sur son visage.

L'homme à la casquette hoche la tête, puis s'avance et se penche vers Ivan, le visage face au sien. Il n'est qu'à vingt centimètres, si près que sa posture en est menaçante.

– Répète-nous exactement ce que tu lui as raconté. Mot pour mot.

– Mais rien, il faut me croire !

Ivan jette des regards affolés autour de lui, observe les deux autres. Sa voix devient plus aiguë sous l'effet de la panique :

– Elle était déjà au courant de tout... le dispositif de repérage, le coup monté, elle savait tout.

– Et pour l'île, elle est au courant aussi ?

L'homme a posé la question d'un ton si détaché que tu n'es pas sûre d'avoir bien entendu. Impossible de deviner où se trouvait la forêt que tu as vue en rêve, mais des images te reviennent. Des arbres tropicaux luxuriants. Des lianes et des sous-bois épais. Un air lourd et humide. Était-ce sur une île ? Combien de temps y as-tu passé ? Le garçon existe-t-il pour de vrai ? Si c'est le cas, est-il toujours là-bas ?

– Quelle île ? demande Ivan, interdit.

– Dernière chance, annonce l'homme. Tu n'as rien à ajouter sur ce qui est arrivé à la cliente ? Rien à avouer ? D'autres clients nous réclament des comptes. Nous leur avons répondu que c'est la fille qui l'a abattue, qu'il s'agit d'un fâcheux accident, que nous espérons éviter à l'avenir. C'est étrange, car elle n'avait encore jamais tué. Ils ne le savent peut-être pas, mais nous si.

Accroupie près de la fenêtre, tu essaies de comprendre – ils ne t'ont pistée qu'à certains moments précis, ils voulaient ta mort. Leurs clients, qui sont-ils ? De quel genre d'entreprise s'agit-il ? Et comment savent-ils que tu n'as jamais tué personne ?

– Je vous dis la vérité, se défend Ivan. Je vous jure que je ne lui ai pas raconté...

C'est l'autre qui donne le premier coup. Il était si silencieux que, jusqu'ici, tu lui as à peine prêté attention. Il fond sur Ivan et le frappe au visage, juste sous l'œil. Ivan se plie en deux, les mains levées pour se protéger, mais l'homme attaque de nouveau.

Son poing est couvert de sang. Tu grimaces en regardant Ivan, qui semble tout petit, roulé en boule par terre. L'homme lui assène un coup de pied dans les côtes. Puis il saisit la corde qui lui entoure les poignets et tire vers le haut pour le relever.

Ivan saigne du nez, sa joue est enflée, une entaille s'est ouverte sous son œil droit. L'homme à la casquette s'approche à nouveau de lui :

– Où est-elle allée après avoir quitté le parc ? Elle est toujours là-bas ?

– Elle est partie vers le sud, répond Ivan.

La dernière fois que tu l'as vu, tu te dirigeais vers le nord, par le sentier, tu en es certaine. Il ment pour t'aider à leur échapper.

– Elle allait vers Hollywood, je crois, peut-être pour retourner à la gare routière. Je n'en sais rien. Elle a laissé tomber le téléphone, puis elle est partie en courant.

– Nous ne connaissons que deux endroits où elle est passée : la gare routière et le parc. Où était-elle, ces derniers jours ? Dis-le-nous, et on arrêtera.

Ton corps tout entier se raidit tant tu crains la réponse d'Ivan. La balise lui a-t-elle indiqué que tu logeais chez Ben ? Tu imagines Ben dans sa maison, seul, et la Mercedes qui se gare devant. Tu l'imagines qui voit les deux inconnus approcher. C'était idiot de ta part de croire que tu aurais les moyens de le protéger d'eux. Tu ne sais même pas à qui tu as affaire.

Tu serres fort les clés dans ta main. Tu pourrais retourner à la voiture en moins d'une minute, être chez Ben dans à peine vingt. Tu pourrais essayer d'arriver là-bas la première.

Mais Ivan maintient sa version des faits, d'une voix basse et régulière :

– Je ne sais pas. Je n'ai pas relevé tous les lieux signalés par le dispositif. Je vous l'ai déjà dit... j'étais dans le secteur, et j'ai vu sur l'appareil qu'elle était près de l'autoroute, alors je suis allé vérifier si tout allait bien. Je l'ai vue tirer sur la femme, je vous ai informés de l'accident et j'ai nettoyé derrière, comme vous me l'avez ordonné. Ensuite elle est allée dans le parc et elle s'y est installée. Le dispositif de repérage n'a pas bougé pendant plusieurs jours. C'est pour cette seule raison que j'y suis entré, je vous assure. Je ne cherche pas à l'aider.

Les coups qui suivent résonnent plus fort. L'homme lâche Ivan et le frappe rapidement à plusieurs reprises. Ivan tente de protéger son visage, mais du sang s'écoule déjà entre ses doigts. Le passage à tabac continue jusqu'à ce que l'homme à la casquette lève la main comme pour dire : « Assez. »

– Je ne peux pas avoir confiance en toi, marmonne-t-il. Et si je ne peux pas avoir confiance en toi, tu ne me sers à rien.

L'autre attrape Ivan par les mains et le traîne dehors, devant la maison. L'homme à la casquette les suit. Tu te plaques contre le bâtiment et te baisses au maximum pour qu'on ne puisse pas te voir.

Ivan a eu accès au dispositif de repérage de bout en bout. Il devait savoir que Ben t'hébergeait. Il avait tous les renseignements en sa possession – le motel où tu as pris une chambre, le petit restaurant, la plage. Il a choisi de te protéger. Que va-t-il lui arriver, à présent ?

La porte s'ouvre et se referme, leurs pas s'éloignent. Ils montent en voiture et démarrent. Tu ignores où ils l'emmènent, mais tu ne peux pas les laisser lui faire du mal – tu lui dois la vie.

La voiture part. Tu comptes à rebours depuis trente, ne voulant pas bouger avant qu'ils aient dépassé le bout de la rue. Puis tu sautes par-dessus la clôture, tu traverses en sprintant les jardins avoisinants, sans t'arrêter avant d'avoir atteint la voiture d'Ivan. Tu te lances aux trousses de la Mercedes. Tu franchis le premier croisement, puis le suivant, observes les rues perpendiculaires. Mais tu n'aperçois qu'un taxi solitaire et les enseignes lumineuses des magasins.

Ils ont déjà disparu.

18

Tu montes par le sentier en scrutant la pente à la recherche de ton sac. Tu as pris un gros risque en revenant au parc, mais sans ton sac à dos tu n'as rien. Tu as méticuleusement préparé ton itinéraire, choisi de passer par un chemin du haut, sous le panneau Hollywood, pour t'assurer qu'on ne te suivait pas. Tu t'es garée à plusieurs rues de l'entrée. À présent, tu redescends en zigzaguant jusqu'à ta cachette derrière les buissons et tu récupères tes affaires. La bombe lacrymogène est vide. Le couteau est tombé dans le fossé quand tu t'es enfuie, et dans l'obscurité tu ne le retrouves pas.

Tu retournes à la voiture, où tu écoutes le bruit de ta respiration. L'horloge indique vingt-et-une heures trente-huit. Tu sors le carnet de ta poche et écris :

- La femme qui a tenté de me tuer était une cliente d'une sorte d'entreprise
- Ivan a rencontré ces gens par le biais d'un homme pour qui il travaillait
- Les hommes impliqués :
  - un grand mince avec une casquette de baseball noire, barbe de trois jours, 1,85 m/1,90 m
  - un homme râblé, plus petit (1,70 m ?)
- La maison qui leur sert de quartier général se situe dans une rue perpendiculaire à Hollywood Boulevard
- Un plan et trois photos au mur : un faucon, un cobra, un requin (Noms de code ? En rapport avec mon tatouage ?)
- Les hommes ont parlé d'une île

Quand tu fermes les yeux, l'image de l'homme à la casquette ne te revient pas, tu ne distingues pas son visage. L'autre est encore plus flou. Portait-il une chemise bleue, ou une noire ? Tu es partie si vite que tu n'as pas noté le nom exact de la rue. Tu n'as pas regardé le numéro de la maison, et la Mercedes n'avait pas de plaques d'immatriculation. Ce qu'ils ont dit, en revanche... tu te rappelles leurs mots très clairement. « Et pour l'île, elle est au courant aussi ? »

En posant ton carnet, tu remarques un carré de papier dans la partie centrale de l'habitacle, sous le frein à main. Tu le retournes. C'est une photo d'Ivan avec sa fille, qui n'a pas plus de quatorze ans. Ils ont les mêmes yeux bleus, la même mâchoire carrée et un long nez busqué. Ivan la tient par l'épaule. Tout sourire, il a l'air d'un autre homme. Le simple fait de regarder cette photographie te glace le sang, ton cœur se serre. Où l'ont-ils emmené ? Qu'est-il en train de lui arriver ?

Tu prends la route et réfléchis à ce que tu vas faire ensuite. Tu vas devoir abandonner la voiture quelque part, mais après ? Tu serais capable de retrouver leur quartier général malgré l'obscurité, seulement y retourner est trop risqué. Et chez Ben, est-ce que tu serais en sécurité ? Les inconnus semblent posséder peu de renseignements sur les lieux où tu es passée, et Ivan ne leur a rien dévoilé, pourtant tu hésites. En écoutant le souffle monotone de la ventilation, tu repenses aux paroles d'Ivan. Pourquoi placer un dispositif de repérage sur toi et ne demander que deux fois l'endroit où tu te trouves ?

Tu roules un quart d'heure. Sur Venice Boulevard, la circulation est difficile, les véhicules avancent au pas, en accordéon. Soudain, un éclair de phares dans le rétroviseur t'éblouit. Une voiture noire est juste derrière toi.

Tu tournes. Elle te suit. Tu tournes encore, elle continue à te suivre.

Les kilomètres défilent. La voiture est toujours visible derrière toi alors que tu as changé plusieurs fois de voie, que tu as modifié ton itinéraire afin de la semer. T'a-t-elle pistée depuis le parc ?

Ce n'est sans doute rien, probablement quelqu'un qui est pressé de rentrer chez lui, mais tu dois en avoir la certitude. Un peu plus loin, il y a une station-service accolée à un fast-food. Tu prends ton sac, glisses la photo dans ta poche et pénètres dans le restaurant.

L'air empeste le poulet frit. Quelques clients font la queue devant les fontaines à soda. D'autres, penchés sur leur plateau, engouffrent frites et beignets d'oignon. Des caméras de surveillance filment l'entrée principale. Tu te détournes d'elles et, la tête baissée, te diriges vers les toilettes.

Tu passes devant chacune des quatre cabines, en poussant la porte pour vérifier si elles ne sont pas occupées. Tu ouvres le robinet et fais couler l'eau jusqu'à ce qu'elle soit bien froide, puis tu t'asperges le visage. La fraîcheur vivifiante te réveille, cette sensation est agréable. Tu commences à te détendre. Peut-être que tu as tout imaginé.

Tu entres dans la cabine du fond, retires ton tee-shirt et le retournes pour dissimuler le logo. Tu te fais une natte que tu laisses pendre sur le côté, afin de couvrir ta cicatrice. La caméra de sécurité t'a filmée à ton arrivée. Cette fois, tu sortiras de l'autre côté, en passant par l'issue de secours pour qu'il n'existe pas de trace de ton départ.

Alors que tu t'apprêtes à partir, la porte des WC s'ouvre. Par un interstice de la cabine, tu découvres un homme qui porte un chapeau et des lunettes de soleil. Il abaisse le verrou derrière lui, et te voilà prise au piège. Il tient un pistolet.

Tu grimpes aussitôt sur la cuvette, en t'efforçant de te cacher au mieux.

Il marque une pause, regarde la rangée de cabines. Il a un tee-shirt gris, dont l'aspect ordinaire t'étonne. Tu ralentis ta respiration. Par réflexe, tu veux attraper le couteau à ta ceinture, mais tu te rappelles que tu l'as perdu.

L'homme longe la rangée à pas comptés. Méthodiquement, il pose la main à plat sur la première porte, puis l'ouvre. Il recommence avec la deuxième. Deux autres seulement te séparent de lui. Il sera bientôt là, juste devant toi.

Tu n'as aucun moyen de t'échapper. Pas de conduit de ventilation au plafond, pas de possibilité de te faufiler sous la cloison sans qu'il te voie. Tu plaques la main sur le battant et t'appuies dessus de tout ton poids.

Ses pas sont à peine audibles. Tu vois ses chaussures, le cuir noir ciré qui réfléchit la lumière. Tu prends une inspiration, puis une autre, et te prépares à te battre.

– Pourquoi c'est fermé, ici ? Il y a qui, là-dedans ? tonne une voix derrière la porte des WC.

On la martèle, le verrou tremble dans sa gâche.

L'inconnu fait volte-face, fixe la porte dont le verrou se lève par à-coups, sur le point de se libérer, puis il se précipite vers la dernière cabine. Il est de l'autre côté de la maigre cloison qui te dissimule quand un homme en combinaison grise entre brusquement, une femme âgée sur les talons.

– Qu'est-ce qui se passe, là-dedans ? demande-t-il en regardant l'inconnu au chapeau, qui a caché son pistolet derrière son dos.

C'est le moment ou jamais. Tu fais coulisser le verrou et sors.

– Il m'a suivie jusqu'ici, déclares-tu, en feignant d'essuyer des larmes. Il nous a enfermés et refusait de me laisser partir.

Tu n'attends pas la réaction de l'agent d'entretien. Tu ne te tournes même pas pour examiner le visage de l'homme.

Tu ne penses qu'à t'enfuir.

19

Au bout de vingt minutes, tu ralentis enfin ta course et te mets à marcher. L'homme ne t'a pas suivie quand tu as quitté le fast-food. On l'a sans doute retenu pour qu'il fournisse des explications... on a peut-être même appelé la police. Tu ne pouvais pas prendre le risque de rester pour voir. Tu as sprinté aussi longtemps que tes jambes te l'ont permis, pour être sûre de le distancer.

Tu analyses tout dans ta tête. Cet homme t'a pistée, il t'a filée pendant des kilomètres, peut-être depuis le parc. Qui est-ce ? En quoi est-il lié à ceux qui ont interrogé Ivan ? Tu es certaine que ce n'était pas l'un d'eux. Il était large d'épaules et athlétique, plus grand que l'un et plus petit que l'autre. Tu n'avais jamais vu sa voiture. En guise de plaque d'immatriculation, il n'y avait qu'une bande de papier, une publicité brillante pour le concessionnaire BMW de Calabasas.

Selon Ivan, ils ont demandé deux fois à connaître l'endroit où tu te trouvais. La première, tu étais à la gare routière, la seconde au parc. L'homme, comme la femme, t'a traquée et a tenté de te tuer. Mais pourquoi ? Qu'ont-ils en commun ? Qui es-tu, à leurs yeux ?

Tu es tellement plongée dans tes réflexions que tu manques de passer à côté de la boutique sans rien remarquer. Sous une marquise où figure l'inscription *Vins et spiritueux*, tu t'immobilises devant la vitrine et contemples une bouteille verte emplie d'un liquide sombre. C'est son étiquette qui a attiré ton attention. Dessus, on voit quelques mots imprimés, et au-dessus un cerf avec une croix tracée entre ses bois.

C'est la même image que sur le médaillon de la femme.

Tu entres, te diriges vers le vendeur, et au dernier moment, tu penses à afficher un sourire, qu'il te rend. Il n'a pas loin de quarante ans, porte des lunettes noires à monture épaisse et un tee-shirt vintage. Son ordinateur portable est ouvert devant lui. Il donne l'impression de passer la majeure partie de son temps derrière son comptoir.

– La bouteille, là, dis-tu en désignant d'un geste celle de la vitrine, qu'est-ce que c'est ?

– Ce qui me permet de ne pas sombrer dans la folie, répond-il avec une moue désabusée.

Tu penses à rire, mais une seconde trop tard.

– *Jägermeister*, lis-tu. Vous pouvez me renseigner sur l'étiquette ? Ce symbole, qu'est-ce qu'il représente ?

– Ah, enfin une vraie question ! fait-il d'un air affable.

Il effectue une recherche rapide sur Internet, puis tourne l'ordinateur vers toi. Tu parcours le passage en diagonale. *Sur les bouteilles figure une croix chrétienne flamboyante placée entre les bois d'un cerf. Cette imagerie se rapporte aux deux patrons des chasseurs, saint Hubert et saint Eustache.*

Tu lèves les yeux et hoches la tête, mais tu trembles de tout ton corps. Tu parviens à prononcer un bref merci avant de te diriger vers la porte. Sans se départir de son sourire, le vendeur te demande si tu désires acheter une bouteille et, curieusement, te propose une « réduction pour les clients fidèles ». Tu l'ignores. Tes poumons sont comprimés, tu as du mal à respirer.

Tu marches vite, en espérant qu'être en mouvement t'aidera à garder l'équilibre. C'est étrange qu'ils aient voulu savoir où tu étais sans consulter en permanence le dispositif de repérage... Mais maintenant tu comprends : c'était sans doute un plus grand défi de te pister vraiment... de te *chasser*.

L'homme et la femme ne te connaissaient pas, ils n'ont aucune raison de vouloir ta mort. Ce sont des chasseurs, et toi tu es leur proie. Tu n'es qu'une cible dans leur jeu perfectionné.

Tu t'assois au bord du trottoir et, l'estomac noué, passes en revue tout ce qui s'est produit depuis ton réveil. Tu repenses aux hommes qui ont mentionné des « clients ». À la femme qui t'a suivie sous l'autoroute, a attendu que tu sois seule dans la ruelle pour essayer de te tuer.

Ivan disait la vérité. Il participe à l'opération, mais il n'en a jamais eu après toi. Il surveillait tes déplacements pour leur compte. Le faux cambriolage servait à t'empêcher de contacter la police. Il n'a livré ta position géographique qu'à deux reprises – d'abord à la femme, dans la ruelle, puis à ses employeurs dans le parc. C'est à partir de cet endroit que l'homme du fast-food a dû te suivre. Il est à tes trousses, maintenant... Il te traque toujours.

Tu prends la photo d'Ivan dans ta poche, en espérant qu'il est en vie, que peut-être il est encore avec eux quelque part.

Quelques minutes s'écoulent en silence. Au bout d'un moment, tu relèves la tête. De l'autre côté de la rue, une voiture de police stationne dans un parking, phares éteints. L'agent ne te voit pas. En te dirigeant vers lui, tu époussettes la saleté qui couvre tes genoux et te recoiffes, pourtant consciente que ça ne sert à rien. Ton apparence reflète exactement l'état dans lequel tu es – usée, épuisée, à moitié morte.

Tu caresses la surface lisse et brillante de la photo. Lorsque tu approches de la bordure du parking, le policier regarde vers toi. Il te fixe, les yeux plissés comme pour mieux voir. Alors, avec le bras, tu lui fais signe de venir.

– Par ici, dis-tu.

Tu ne reconnais presque pas ta voix. Elle est faible et éraillée. C'est à peine un murmure.

– J'ai besoin d'aide. S'il vous plaît.

20

– C'était l'après-midi, expliques-tu. Je ne sais pas exactement à quelle heure je me suis réveillée, mais il faisait jour quand je suis sortie de la station de métro.

– D'après ce qui est indiqué dans le rapport de la station de métro, c'était peu avant quinze heures.

L'inspecteur a une barbe et une moustache grises. Sa chemise verte unie et son pantalon gris lui donnent un air de grand-père. Il n'a pas tapé du poing sur la table. Il n'a même pas élevé la voix.

Au lieu de te brusquer, il te pose des questions précises, en prenant son temps. Cela dure depuis quatre heures.

Il note toutes tes réponses sur un bloc-notes. Il griffonne sans interruption, tourne une page et continue à écrire. Dans un angle, il y a une caméra, et tu devines qu'on t'observe. Quelque part, plusieurs agents réunis devant un écran attendent que la cambrioleuse du centre-ville en dévoile plus.

– Nous devrions avoir plus d'éléments quand tu auras été admise à l'hôpital, mais d'après ce que je comprends... tu n'as pas eu de flashbacks ? Pas de souvenirs qui sembleraient provenir des jours qui ont précédé ton réveil ?

– J'ai eu certaines visions... mais je ne sais pas à quoi elles correspondent. Je ne sais pas si elles ont un sens.

– Quoi, par exemple ?

– Il y a un enterrement. J'en ai eu une image très fugace... ça n'a duré que quelques secondes.

– L'enterrement de qui ?

– Justement, je ne sais pas. Je passais à côté d'un cercueil, et j'avais le sentiment d'avoir perdu quelqu'un de proche. C'est tout. Ce n'était presque rien.

L'homme hoche la tête. Ils t'ont pris ton sac à dos à ton arrivée, et on ne te l'a toujours pas rendu. Dans ta tête, tu as dressé la liste de ce qu'il contient, en espérant que ce qu'il y a dedans corroborera ta déposition, et que tout, au bout du compte, s'expliquera. Tu leur as raconté ton amnésie, Ivan et le coup monté, le faux cambriolage qu'il a mis en scène dans le centre-ville, la femme qu'il a abattue. Tu as parlé des deux hommes et de la maison, expliqué qu'ils ont emmené Ivan. Chaque fois qu'ils ont demandé pourquoi, qu'ils ont voulu savoir à quoi rimait ton histoire, tu as hésité.

Tu sens que les mots veulent sortir… *Je suis le gibier dans une partie de chasse…* mais tu ne te résous pas à les prononcer. Tu ne veux pas qu'ils remettent en question le témoignage que tu viens de leur livrer. Il faut qu'ils te croient, qu'ils t'écoutent.

– Et l'homme, celui qui dit s'appeler Ivan ? Tu as des souvenirs ou des flashbacks avec lui ou la femme qu'il a tuée ?

– Non, aucun. Vous avez des infos concernant sa voiture ? Est-ce qu'elle était où je l'ai laissée ?

– Oui, un agent l'a retrouvée il y a une heure. Il n'y avait rien dedans.

– Vous pouvez remonter jusqu'à son propriétaire ?

– Le numéro de série a été limé. On n'y a trouvé aucune empreinte – rien sur la carrosserie, le moteur ou dans l'habitacle. Nous pensons qu'elle a été volée il y a longtemps. On est en train d'effectuer des tests dans le coffre, mais pour l'instant ça n'a rien donné.

Il rassemble quelques documents, comme s'il s'apprêtait à partir. Tu respires à fond. Tu sais que c'est le moment, que tu dois te jeter à l'eau.

– Ce n'est pas tout, dis-tu, les doigts entrecroisés, les serrant si fort qu'ils blanchissent. Les hommes de la maison, ceux qui ont emmené Ivan… il travaillait pour eux, et c'est lui qui surveillait le dispositif de repérage, mais je crois que ce n'est pas tout. Je crois que tout ça fait partie d'un jeu.

– Comment ça, un jeu ?

L'inspecteur cesse d'écrire et te regarde avec insistance.

– La femme sur qui Ivan a tiré… elle essayait de me tuer. Je ne comprenais pas pourquoi elle m'avait suivie. Ensuite, après avoir quitté le parc, quelqu'un d'autre s'en est pris à moi, un homme que je n'avais jamais vu. Lui aussi avait un pistolet. Il m'a prise au piège dans les WC d'un fast-food, mais j'ai réussi à m'échapper.

– Et tu penses qu'ils jouaient à un jeu ? demande l'inspecteur, goguenard.

– Je sais que ça a l'air bizarre, mais pour l'instant il n'y a pas d'autre explication logique. Au début, Ivan ne savait pas ce qui se passait vraiment, et dès qu'il l'a compris, dès qu'il a tenté de m'aider, ils se sont retournés contre lui. Il m'a attirée dans un coup monté, c'est vrai, mais il risque sa vie autant que moi. Où qu'ils l'aient emmené, quoi qu'il ait fait, il a besoin d'aide, lui aussi.

– Nous allons essayer de le retrouver, affirme l'homme. Mais j'aimerais que tu m'expliques... Pourquoi ces gens se donneraient-ils tant de mal pour un simple jeu ?

– Ce n'est pas un simple jeu... c'est une partie de chasse. Je crois qu'ils me chassent.

– Ils te chassent ? Je ne te suis plus, là.

– Je vous en prie, écoutez-moi...

Tu t'efforces de garder une voix égale, mais ta gorge est nouée. Tu ne peux pas te permettre de paraître hésitante. Tu ne peux pas avoir l'air aux abois.

– Je crois que je suis une cible... une proie. Je pense qu'ils m'ont lâchée au milieu de Los Angeles et qu'ils m'ont piégée pour m'empêcher de me tourner vers la police, même si une femme m'attaquait avec un pistolet. Je pense qu'Ivan m'a pistée et a indiqué où je me trouvais aux deux chasseurs, d'abord à la femme, puis à l'inconnu d'aujourd'hui.

Ivan n'était pas censé abattre cette femme, ce n'était pas prévu. C'est quand elle a tenté de me tuer qu'il a compris en quoi consistait le jeu. Il a essayé d'y mettre un terme.

L'inspecteur est silencieux. Tu as l'impression que la pièce s'est vidée de son air. Il griffonne de nouveau quelques lignes que tu as du mal à déchiffrer.

Tu poursuis et racontes tout : le médaillon de la femme, l'homme qui t'a pourchassée, le plan de la ville et les photos sur le mur de la maison. Tu parles de l'île, même s'il t'est impossible de savoir vraiment de quoi il est question. L'inconnu a mentionné des clients, et à présent tu comprends quel service on leur fournit. On leur offre un accès à un jeu où l'on joue la mise ultime.

L'inspecteur écrit tout, t'interrompt parfois pour te poser une question ou clarifier un point. Tu perds la notion du temps, mais tu continues, car tu ne veux rien oublier. Tu finis par sortir ton carnet et en feuilleter les pages pour lui montrer tous les éléments que tu as recopiés. Tu devines ce qu'on doit penser de toi, mais ça n'a pas d'importance. La vérité, c'est tout ce qui te reste.

Alors que l'enquêteur jette ses dernières notes dans son calepin, une femme entre. Elle pose deux petits papiers à l'autre bout du bureau, trop loin pour que tu puisses voir ce qu'il y a dessus. Elle montre du doigt quelque chose qu'elle a écrit sur l'un d'eux, puis repart sans même te regarder.

L'inspecteur – comment s'appelle-t-il, déjà... Powers ? Paulson ? – examine le message, puis le retourne.

– Merci de nous avoir fourni autant de détails. Tu n'as rien d'autre à ajouter avant que nous terminions ?

Les murs de la pièce sont couverts d'une sorte de revêtement d'insonorisation. Soudain, tu te sens enfermée, isolée. Tout raconter t'a fait du bien, comme si cela confirmait que ces événements avaient vraiment eu lieu. Tu t'es efforcée de ne rien omettre, mais à présent tu es convaincue d'avoir oublié quelque chose, qu'il y a sur cette note un élément précis que tu n'as pas évoqué, et qu'on te met à l'épreuve.

– Je crois que c'est tout.

Il fourre un des papiers dans sa poche et fait glisser l'autre vers toi. *Ben*, y est-il écrit. Puis son numéro. C'est le ticket de caisse qu'il t'a remis le jour de votre rencontre.

– C'est qui, Ben ? Tu n'as pas parlé de lui.

Tu essaies de ne rien laisser paraître, de continuer à respirer normalement.

– Je n'ai pas parlé de lui... parce que je ne le connais pas.

– Ah bon ? Pourquoi tu as son numéro, alors ?

Il se peut qu'ils l'aient déjà appelé. Mais tu tentes ta chance – il n'est pas encore six heures du matin, et tu doutes qu'il soit réveillé, bien que ce ne soit pas impossible. Il a pu penser que c'était toi qui téléphonais. Sa curiosité a pu le pousser à décrocher.

– C'est un mec que j'ai croisé au supermarché. Il m'a draguée.

– Pourquoi tu as gardé son numéro ?

– Je ne m'en suis pas rendu compte...

Tu attends une seconde, consciente que ton récit n'est pas complet si tu n'évoques pas Ben, mais personne – pas même la police – ne doit savoir qu'il t'a aidée. Il faut le laisser en dehors de ça. La soirée à la plage... la fête... le baiser. Cela doit rester à part, sans lien avec Ivan, les deux inconnus et le commissariat, ou encore cette pièce chargée de fatigue et son éclairage vacillant.

– J'espère que c'est vrai, parce que nous allons l'appeler...

– Je ne mens pas.

Lorsque tu croises le regard de l'inspecteur, tu comprends que tu le déçois. Son visage est marqué par les nombreuses heures que vous avez passées ici, l'histoire que tu as racontée – ce témoignage qui peut paraître grotesque. Tu lui as dit être la cible de chasseurs, une proie, traquée par plusieurs personnes au cœur d'une ville bouillonnante d'activité, parfois en plein jour. Peux-tu lui en vouloir de douter de tes paroles ? Si on te racontait la même histoire, y croirais-tu ?

Mais désormais tu as besoin de lui – il faut qu'il te fasse confiance, qu'il te protège, qu'il retrouve Ivan. De son côté, il jette un coup d'œil à la caméra dans l'angle de la pièce. Pensent-ils que tu mens ? Qu'était-il écrit sur le second petit mot ?

– Je sais que ça paraît dingue, moi-même j'ai l'impression de l'être, reprends-tu. Mais je ne serais pas venue ici si je n'étais pas au pied du mur. Vous avez relevé mes empreintes, et je veux bien aller à l'hôpital passer tous les tests que vous voudrez. Vous pouvez m'interroger encore, du moment que vous m'aidez. J'ignore comment je me suis retrouvée dans cette situation, mais maintenant je suis coincée. Je ne peux pas m'en sortir.

L'inspecteur rassemble ses papiers, se détourne et se dirige vers la porte :

– Je reviens tout de suite. Attends-moi ici.

Il referme derrière lui, et tu es de nouveau seule. Tu remets ton carnet dans ta poche. Tu penses à Ben, au ticket de caisse, tu essaies d'estimer dans combien de temps tu auras accès à un téléphone et pourras le contacter. Il faut qu'il leur donne la même version que toi. Il doit leur expliquer pourquoi tu avais son numéro.

La caméra est fixée sur toi. Dix minutes s'écoulent, puis dix autres, et tu t'en inquiètes. C'est la première fois qu'on te laisse seule aussi longtemps. Tu te lèves, fais les cent pas dans la petite pièce, en te demandant si ça te donne l'air coupable. « Elle ne tient pas en place, se disent-ils peut-être. Elle est nerveuse. »

Tu essaies de convaincre ces enquêteurs que tu n'es pas responsable de ce qu'on te voit faire sur une vidéo de surveillance. Que des gens chassent des êtres humains pour se divertir. Toi, et peut-être d'autres. Et, pour ça, tu ne te présentes à eux que maintenant, après avoir regardé une femme mourir et avoir été poursuivie par un homme armé d'un pistolet. Tu entends d'avance la voix de l'inspecteur : « Pourquoi n'es-tu pas venue nous voir plus tôt ? »

Parce que tu étais terrorisée. Parce que tu étais sûre qu'ils allaient t'arrêter, et que maintenant, plusieurs jours plus tard, il t'est toujours impossible de savoir dans quelle mesure tu es coupable de quelque chose ou pas. Parce que tu ne peux leur donner aucune information à ton sujet, même pas ton nom. Alors que tu songes à toutes les raisons qui ont motivé ton choix, que tu essaies de le comprendre, la porte s'ouvre à nouveau. L'inspecteur entre, suivi par un agent de police. C'est une femme aux cheveux ramassés en chignon bas, aux lèvres colorées par un gloss bordeaux.

Elle tient quelque chose devant elle, mais l'objet est caché par l'inspecteur. Tu es gagnée par la panique. As-tu oublié autre chose ? T'es-tu trahie d'une autre manière. Vont-ils t'arrêter ?

Elle pose un gobelet fumant sur la table et le pousse vers toi. C'est du thé. La ficelle du sachet pend par-dessus le bord. C'est tellement anodin que tu as presque envie de rire. Puis l'inspecteur te remet un plan de quartier.

– Essaie de nous indiquer où se trouve la maison, dit-il en montrant une zone représentée en vert, qui porte la légende : *Griffith Park.* Sais-tu dans quelle direction tu as tourné en quittant le parc ?

Sur le badge que la femme porte à la poitrine figure le nom *Alvarez.* Elle te donne un stylo rouge.

– Ils ont pris à droite, réponds-tu en inscrivant une marque sur le papier. Je les ai suivis un petit bout de temps et je me suis retrouvée sur Hollywood Boulevard.

Tu traces une ligne sur l'itinéraire que tu penses avoir emprunté, la poursuis le long des rues dont tu reconnais le nom. *Western, Gower, Highland, La Brea.* Peu après, tu t'interromps. Tu avais continué plus loin, mais sur la carte toutes les rues secondaires se ressemblent. Il t'est difficile de déterminer à quel moment tu as bifurqué.

– Tu as pris à gauche pour quitter le boulevard ?

Tu te demandes ce que signifie cet exercice. Te croient-ils encore coupable ? Pensent-ils que tu les mènes en bateau ?

– Je ne sais pas. Il faisait nuit, et les petites rues se mélangent dans ma tête. Si je voyais le croisement, je le reconnaîtrais. C'était après un motel rose et gris.

L'inspecteur et l'agent échangent un regard, un long silence s'installe.

– Tu le reconnaîtrais ? s'enquiert finalement la femme.

– C'est sûr. Il suffit que vous m'y conduisiez.

L'inspecteur approuve de la tête, et c'est exactement ce que tu voulais. L'agent ne te passe pas les menottes. Sans un mot, elle te fait signe de sortir.

21

– Et celle-là ? demande l'agent, qui s'appelle Celia.

Elle ne dépasse pas les quinze kilomètres à l'heure. La voiture de police circule si lentement que tout le quartier semble la remarquer. Une femme aux cheveux blancs, en peignoir, rentre chez elle en vitesse, appelle quelqu'un derrière la porte doublée d'une grille de sécurité.

– Non, ce n'est pas la bonne rue...

Tu te penches en avant, le visage à quelques centimètres de la grille métallique de séparation. Lorsqu'elle t'a ouvert la portière arrière, tu as jugé que c'était révélateur du crédit qu'ils accordent à ton récit. « Je te fais assez confiance pour explorer cette piste, mais pas pour te laisser t'asseoir à côté de moi. »

– Par contre, le restaurant dont je vous ai parlé – celui qui a une enseigne décorée d'une fleur – était juste un peu plus loin, ajoutes-tu. C'est forcément par ici.

– Apparemment non.

Malgré la climatisation qui souffle à plein régime, tu as toujours l'impression d'avoir la peau en feu.

– Nous sommes tout près... on ne devrait plus tarder à trouver.

Elle te lance un bref regard, et tu détectes une plus grande gentillesse dans son expression.

– Ce n'est pas que je ne te crois pas, murmure-t-elle. Sans scène de crime, nous n'avons pas beaucoup de grain à moudre. Mes collègues n'ont rien trouvé dans le parc... même pas le couteau.

Elle pointe du doigt certaines maisons en bord de route, un autre motel, un parking fermé par un portail, comme pour te demander : « Et ça ? Ça te rappelle quelque chose ? Tu t'en souviens ? »

La nuit dernière, la rue était sombre, tu roulais phares éteints, en te souciant surtout de passer inaperçue. Tu es sûre de ce que tu as vu, mais tu sens que tu dois lui fournir du concret, qu'il est hors de question de repartir sans preuve de ce que tu avances.

La sonnerie de son portable brise le silence. Elle se range pour répondre.

– Pas encore, dit-elle. Elle pense qu'on approche du but.

S'ensuit une série de « oui » et de « non ». Tu tends l'oreille pour entendre la voix à l'autre bout de la ligne, mais entre les messages radio et la circulation, tu as du mal à comprendre quoi que ce soit.

– Je te tiens au courant, conclut Celia avant de raccrocher.

Elle glisse son téléphone dans sa poche de poitrine et redémarre. Lorsqu'elle jette un coup d'œil dans l'angle mort pour se réinsérer dans la circulation, tu suis son regard. De l'autre côté de la chaussée, tu aperçois une maison jaune qui se dresse un peu en retrait au croisement que vous venez de dépasser.

– Attendez, marmonnes-tu. Prenez la prochaine à gauche. Refaites le tour.

Elle s'exécute, sans pour autant accélérer. Vous effectuez une boucle et revenez au pâté de maisons précédent. Une branche d'arbre basse s'avance au-dessus de la rue, quelques feuilles frottent le toit de la voiture quand vous passez dessous. Et soudain, tu reconnais l'endroit.

– Nous y sommes, annonces-tu. C'est un peu plus loin sur la gauche.

– La maison du bout ? demande Celia d'un ton hésitant.

Tandis que vous approchez, tu comprends pourquoi tu ne l'as pas reconnue tout de suite. Les bâches de plastique couvrent encore une moitié de la bâtisse, mais derrière elle la façade a été noircie par le feu. Deux camions de pompiers stationnent devant. Quelques pompiers sortent du matériel du garage et l'entassent dans l'allée.

– C'est là.

Celia se gare derrière la maison, d'où vous avez une vue dégagée. La fenêtre du bas est brisée et couverte de suie. On a maîtrisé l'incendie, mais des traînées noires zèbrent l'extérieur jusqu'à l'étage. Par la porte de l'arrière-cour, tu aperçois l'intérieur calciné, les murs dévorés par les flammes. Ce n'est pas une coïncidence, ça n'a pas pu se produire par hasard. Ils effacent leurs traces.

Celia entrouvre les vitres, puis coupe le moteur. C'est seulement lorsqu'elle sort et actionne la fermeture centralisée que tu comprends : elle te laisse là. Par réflexe, tu portes la main à la poignée de ta portière, et l'actionnes deux fois, comme si cela pouvait la débloquer.

La plupart des pompiers sont retournés à l'intérieur. L'un d'eux s'attarde près d'un camion, où il charge un réservoir dans un compartiment en hauteur. Elle s'adresse à lui, mais tu n'entends pas ce qu'elle dit.

– Ça ressemble à une bringue qui a mal tourné, explique-t-il. On a trouvé des bouteilles cassées, des seringues. C'est sans doute une bande de camés, rien de plus.

Celia disparaît dans la maison. À son retour, on lit le trouble sur son visage. Elle se détourne, examine l'arrière de la bâtisse, voit ce que tu as vu. Les lieux correspondent exactement à la description que tu en as donnée. La peinture est de la bonne couleur, le toit est identique. Il y a même le mobilier de jardin – deux chaises de bois et une table pourrie entassées en vrac dans la cour.

Elle revient à la voiture, se penche pour te regarder. Alors qu'elle s'apprête à te parler, son téléphone sonne.

– Nous venons d'arriver, répond-elle. C'est l'endroit qu'elle a décrit...

Tu te rends compte qu'elle te croit, ou du moins qu'elle sait que *toi* tu crois à ton récit. Si tu mentais, pourquoi te serais-tu livrée à la police ? Comment aurais-tu pu fournir autant de détails si tu n'étais pas déjà venue ?

Elle arpente la cour bétonnée, jette de temps à autre un coup d'œil à la rue. Puis elle change d'expression. Après quelques « oui » et « d'accord » supplémentaires, elle range son téléphone.

Elle ouvre la portière, t'attrape par le poignet et tire pour que tu te lèves. Elle serre ton bras si fort que tu en es momentanément abasourdie.

– Qu'est-ce que vous faites ? parviens-tu à demander. Qu'est-ce qu'ils ont dit ?

– Ils ont analysé tes empreintes. On a délivré un mandat d'arrêt contre toi à San Francisco.

Tu as l'impression de recevoir un coup de massue. Tu te répètes que tu n'as pas menti, que tu n'es pas au courant de ce qu'elle raconte.

– Le club Xenith, ça te dit quelque chose ? L'incendie criminel dont tu es responsable ? Les allers-retours dans les établissements pénitentiaires pour mineurs ?

– Quand ? Quand est-ce que j'étais à San Francisco ?

– C'est bon... arrête de baratiner.

Cette fois, son ton est plus froid, plus distant, et tu devines qu'elle a déjà décidé de rentrer au commissariat, qu'elle pense te coffrer et raconter à tout le monde qu'elle a été drôlement idiote de te croire. Elle te fait pivoter sur toi-même, décroche les menottes à son ceinturon. Au début, tu ne résistes pas, mais alors qu'elle te les a presque passées, tu retires brusquement tes mains et te libères.

Elle semble surprise. Tandis que tu fais volte-face et fonces vers le jardin voisin, elle saisit sa radio. Tu enfonces le pied dans une maille de la clôture grillagée, sautes pardessus, et atterris lourdement de l'autre côté. Tu t'attends à ce qu'elle te poursuive, mais quand tu te retournes, elle est toujours à côté de la voiture. La radio devant la bouche, elle appelle des renforts.

22

Lorsque la police se présente chez Ben, il dort encore. La sonnette résonne quelque part au-dessus comme une chanson étrange et lointaine. Sans ouvrir les yeux, il remue sur le canapé, remonte la couverture jusqu'à son menton. Mais ensuite ils frappent plusieurs fois, martèlent vigoureusement le bois de la porte.

Il se lève et se frotte les yeux. D'un pas mal assuré, il avance à tâtons à travers le sous-sol plongé dans l'obscurité. Il trébuche sur ses chaussures. Tandis qu'il monte, les coups se font plus retentissants. Il devine qu'il y a un problème. Il reste un instant dans le vestibule, couvert d'une sueur froide, à se demander s'il est trop tard pour s'enfuir.

Par le judas, il voit deux hommes en uniforme qui regardent dans sa direction.

Un des policiers a déjà sorti son insigne et le brandit devant lui.

– Police de Los Angeles, annonce-t-il.

Les agents ont entendu ses pas dans le couloir. Ils savent qu'il est là.

Ben se retourne, dresse une liste de ce qui est caché dans la maison – le sachet de cinq cents grammes dans la table basse, les boîtes de plastique et la balance dans son placard. Il ouvre en faisant semblant d'être encore à moitié endormi, même si son cœur bat très vite et que ses mains tremblent. Il est en caleçon. Il frotte à nouveau ses yeux, essuie son nez.

– Je peux vous aider ?

C'est sans doute au sujet de sa mère. Ou ils savent qu'il vend de l'herbe. Ou bien une caméra de surveillance l'a filmé quelque part avec Sunny, et ils sont venus la chercher ici. Il préfère ne pas imaginer une autre possibilité. Il se refuse à envisager que quelqu'un soit mort.

– Bonjour... Ben Praxton ?

– Ouais.

– Tes parents sont là ?

– Ma mère n'est pas là, non... pourquoi ?

– Nous aimerions te poser quelques questions. As-tu un moment ?

– Ouais, bien sûr.

Le premier policier est plus âgé que son collègue. Du gel raidit ses cheveux noirs. Il lui tend un morceau de papier. Ben le prend, le retourne, l'examine, puis il comprend de quoi il s'agit.

– Tu reconnais ?

– C'est mon numéro de téléphone. Je l'ai noté pour quelqu'un.

– Pour qui ?

L'agent le plus jeune est plus corpulent, son front commence à se dégarnir.

Ben hésite : doit-il mentir ou dire la vérité ? Où ont-ils trouvé le ticket de caisse ? Que savent-ils ? S'ils avaient la moindre raison de penser que Sunny avait logé ici, il aurait déjà des ennuis. Ils exigeraient d'entrer, non ?

– Une fille que j'ai rencontrée au supermarché.

L'agent lui reprend le ticket, le plie et le remet dans sa poche.

– C'était quand ?

– Il y a une semaine, à peu près. Pourquoi ?

– Elle t'a appelé ? demande l'agent le plus âgé.

Sont-ils au courant ? Ben s'efforce de deviner d'où Sunny lui avait téléphoné... du motel ? Savent-ils qu'elle y avait pris une chambre ?

– Non, je n'ai jamais eu de nouvelles. Pourquoi ? Qu'est-ce qui s'est passé ?

– Nous enquêtons sur une affaire dans laquelle elle est impliquée.

Ben attend, il aimerait que le jeune policier en révèle davantage, mais ce dernier n'en fait rien. De quelle affaire s'agit-il ? Où est-elle ? Il a envie de les interroger, mais il a peur de se trahir.

– Elle va bien ?

Il ne trouve pas mieux. L'agent marque un temps d'arrêt, comme s'il essayait de comprendre la question, et Ben a le sentiment qu'il doit préciser sa pensée, fournir des explications.

– Quand je l'ai croisée, elle n'avait pas l'air dans son assiette. C'est pour ça que je lui ai donné mon numéro.

– Comment ça, « pas dans son assiette » ?

– Eh ben, je sais pas. Elle avait une entaille au bras.

En prononçant ces paroles, il se sent idiot. Pourquoi se soucierait-il d'une inconnue ? Il ferait mieux de se taire, de ne rien ajouter.

– Si elle te contacte, tu nous préviens, déclare l'agent d'un ton mi-interrogatif, mi-affirmatif.

– Ouais, bien sûr.

Ben a peur qu'ils demandent autre chose, qu'ils veuillent entrer, mais ces quelques réponses simples semblent les apaiser. Le plus âgé se détourne le premier, l'autre le suit, et ils échangent des propos à voix basse en repartant par l'allée.

Ben les regarde monter dans leur voiture. Il ferme la porte, donne un tour de clé, puis garde l'œil collé au judas, le front plaqué contre le panneau de bois. Ils restent un moment dans le véhicule, puis démarrent et s'en vont.

Ils ne savent rien, se rassérène Ben. Ils procédaient juste à une vérification de routine.

« Tu ne crains rien. Tout va bien. »

Pourtant, tandis qu'il observe la rue déserte, son souffle ne se calme pas. Ses mains sont engourdies. Puis deux questions l'assaillent :

« Où est-elle ? Où est-elle allée ? »

23

Ben vient t'ouvrir ; la télé est allumée dans le salon. Vêtu d'un pantalon de survêtement et d'un tee-shirt, il a les cheveux en bataille, comme s'il sortait du lit. Derrière lui, deux garçons maigrichons sont installés dans le canapé, devant un match des Dodgers. Un début de barbe peu fournie assombrit leurs mentons. L'un d'eux porte une casquette à l'envers, il a des boutons d'acné sur les joues. L'autre est en train de rouler une cigarette. Ils lèvent à peine la tête.

Ben ferme les yeux en grimaçant, comme si tu venais de lui jeter de l'eau au visage. Avant que tu aies eu le temps de prononcer un mot, il t'emmène à l'écart, dans la salle à manger, et referme la porte. Il vaut mieux que les autres ne te voient pas.

– Où t'étais ? T'es au courant que les flics te cherchent ?

– Ils me cherchent depuis le début.

Ben secoue la tête et montre du doigt la fenêtre de devant :

– Non, ils se sont carrément pointés ici. Ce matin. Ils voulaient savoir si tu m'avais appelé.

– Merde.

Tu pousses un profond soupir, en pensant au ticket de caisse qu'ils ont trouvé dans le sac à dos. Tu avais l'intention de prévenir Ben qu'ils risquaient de le contacter, mais après avoir fui l'agent Alvarez, tu étais coincée sur le coteau qui surplombe Franklin Avenue, à cause des voitures de police qui patrouillaient plus bas. Tu t'es cachée dans une remise, en attendant que la route soit dégagée pour repartir vers l'est. Tout ce qui te reste, c'est ton carnet, la photo d'Ivan pliée, le tee-shirt et le short que tu portes depuis des jours.

– Qu'est-ce que tu as répondu ?

– Que je n'avais jamais eu de nouvelles... c'était la bonne réponse, non ? Qu'est-ce que tu voulais que je dise ?

Il va à la fenêtre et scrute la rue. Tu ne peux pas t'empêcher de douter. Tu savais qu'ils l'appelleraient, mais venir jusque chez lui le questionner, c'est autre chose. Tu as contrôlé la rue avant d'approcher de la maison. Se peut-il que tu n'aies pas repéré une voiture occupée ? Y a-t-il quelqu'un devant, en ce moment, en train de surveiller ?

Il jette un rapide coup d'œil derrière lui, écoute ses copains dans l'autre pièce.

– Je suis désolée, dis-tu. Je n'avais nulle part où aller.

Il regarde ton short déchiré et tes baskets, qui sont toujours très sales. Ta peau et tes cheveux sont couverts de poussière.

– Où t'étais passée ? Il est où ton sac ?

– Je l'ai perdu.

Ben chasse les cheveux qui tombent sur son front, et tu devines qu'il se creuse la cervelle. Avant de poursuivre, il prend une grande respiration.

– Tu m'as laissé tout seul, à la plage. Quand je me suis réveillé, je n'avais aucune idée de ce qui t'était arrivé, je ne savais pas où tu étais. Et maintenant tu reviens... parce que tu as besoin d'un endroit où squatter ? C'est tout ?

– Non, ce n'est pas tout.

– C'est ce que tu viens de dire...

Tu réfléchis. Tu n'as plus d'argent, plus de vivres – tout ce que tu possédais a disparu. Mais tu n'étais pas obligée de venir ici. Tu as fait un détour de deux kilomètres, tu es passée devant un parking et une cour d'école où tu aurais pu te cacher, et tu as continué, même quand deux voitures de patrouille se sont engagées dans la rue face à toi.

– Si je suis là, c'est parce que j'ai confiance en toi.

Ben appuie la main contre le chambranle. Il fixe la moquette quelques secondes, et tu te demandes si tu dois ajouter autre chose. Mais tu ne cherches pas des arguments pour le convaincre – ce que tu dis, c'est la vérité.

Après un long silence, il entrouvre la porte et regarde dans le vestibule. Puis il pointe le doigt vers une chaise.

– Donne-moi cinq minutes, le temps que je les fasse partir.

Il retourne dans le salon. Tu t'assois et attends. Tu entends la télévision qui s'éteint, le marmonnement déconcerté des garçons qui questionnent Ben. Une fois qu'ils sont sortis, Ben referme la porte et te fait enfin signe de revenir.

La pièce est en désordre. La table basse est couverte de miettes de chips et de paquets de doritos vides. Il reste du soda dans des verres, où la boisson jaune acidulé se mélange à des glaçons à moitié fondus.

Tu te diriges vers le canapé et t'enfonces dans les coussins. Ben s'active autour de toi, ramasse les canettes qui jonchent le sol. Avant qu'il te parle de nouveau, une minute s'écoule, peut-être deux.

– Allez, je sais que t'as sans doute pas envie d'en discuter, mais il le faut. Tu t'évapores dans la nature, et juste après les flics rappliquent chez moi. Ça craint. Qu'est-ce que je dois en penser ?

Tu te penches en avant, prends ta tête entre tes mains, sans trop savoir si tu auras le courage de sauter le pas. Si tu lui racontes ce qui s'est passé – aujourd'hui, hier, avant-hier –, ça paraîtra plus réel.

– Je suis allée au commissariat... et ils ne m'ont pas crue.

À ces mots, il s'immobilise.

– Tu leur as parlé de l'homme qui te suivait ? demande-t-il. Et de ton amnésie ?

– Je leur ai tout raconté.

« Bien plus de choses qu'à toi. »

– Pourquoi ils ne t'ont pas crue ?

Ben attend, sans comprendre comment ils ont pu douter de tes paroles. Ses yeux sont si doux, si désireux de voir le meilleur en toi, que tu te sens incapable de continuer à lui faire des cachotteries. Il mérite d'être au courant du danger, de l'évaluer comme toi tu l'as fait. Tu lui dois bien ça.

Les yeux baissés, tu commences ton récit. La femme au pistolet, Ivan qui l'a tuée sous l'autoroute. Le dispositif de repérage, pourquoi tu as dû le laisser seul l'autre soir sur la plage. La maison et l'homme qui t'a suivie depuis le parc. Tu termines par la seule conclusion à laquelle tu es parvenue, l'explication qui te semble logique. Tu es un pion dans un jeu à échelle réelle, une proie, une cible qu'il faut abattre.

Ben fixe un point derrière toi et enregistre ces informations. Puis il se lève et se remet à faire les cent pas :

– Donc, tu as raconté tout ça à la police, et puis quoi ? Ils croient que c'est une invention ?

– Ils pensent toujours que je suis responsable du cambriolage des bureaux. Ils ne me croient pas, parce qu'ils n'ont pas confiance en moi. Et s'ils n'ont pas confiance en moi, c'est parce que apparemment j'ai un casier judiciaire. Pour incendie volontaire, précises-tu en détournant le regard. Je ne connais pas tout dans le détail. J'ai besoin d'un accès à Internet.

L'air encore hébété, Ben hoche la tête. Il semble content d'être en mouvement, de ne pas rester à se tourner les pouces. Il va au sous-sol chercher son ordinateur, remonte et te le tend en silence. Tu ouvres le portable, soulagée d'avoir autre chose à regarder que son visage troublé.

Dans le moteur de recherche, tu tapes *Club Xenith, San Francisco.* Cinq liens apparaissent rien que sur la première page.

D'après la police, l'incendie était criminel

Club Xenith : l'incendie était volontaire

De jeunes marginaux pourraient être responsables d'un incendie à San Francisco

Tu cliques aussitôt sur le troisième lien. Dans l'article, il est expliqué qu'on a allumé le feu avec de l'alcool. On soupçonne des adolescents qui vivaient dans le Golden Gate Park, dont certains ont été arrêtés par le passé pour vol dans le quartier de Haight, mais aucun nom n'est mentionné.

Tu tournes l'écran vers Ben et attends qu'il ait lu jusqu'au bout.

– Ils savaient, commentes-tu. Les gens qui organisent ce truc. Ils savent que j'ai un casier, et c'est pour ça qu'ils ont mis en scène l'incendie de la maison. Ils ont voulu donner l'impression qu'il s'agissait d'une beuverie, en sachant que si je me rendais à la police, on trouverait mon casier. Et du coup, on croirait que j'avais remis ça.

Tu ne quittes pas le titre des yeux : *De jeunes marginaux pourraient être responsables d'un incendie à San Francisco.* Tu étais impatiente d'apprendre des détails sur toi-même, mais cette information ne t'apporte aucun réconfort.

– Je ne suis personne, dis-tu. Personne ne me cherche. Je n'ai pas de famille qui m'attend à la maison. Est-ce pour ça qu'ils m'ont choisie ? Parce qu'ils pensent que personne ne se rendrait compte de ma mort ou ne s'en soucierait ?

Ben ne répond pas. Tu sens qu'il t'observe, mais, en ce qui te concerne, tu es incapable de le regarder, pas pour l'instant. Le simple fait d'exposer ta théorie te noue la gorge. La vue troublée par les larmes qui te montent aux yeux, tu fixes la table, les canettes, les emballages de sucreries froissés.

Ben vient s'asseoir à côté de toi sur le canapé et se penche vers toi pour que tu n'aies d'autre choix que de le voir.

– Ce n'est pas vrai, déclare-t-il. Moi je m'en soucie.

Il t'attire vers lui ; tu passes les bras autour de son cou et remontes les jambes sur ses genoux. Ça te vient naturellement, et c'est très agréable. Tu lèves le visage vers lui, vos lèvres ne sont qu'à quelques centimètres d'écart. Vos yeux se trouvent. Tu as le sentiment de tomber, tu ressens la même apesanteur qu'en sautant de la falaise. Impossible de revenir en arrière, maintenant. Il passe les mains dans tes cheveux, puis te caresse la joue.

Deux souffles, puis trois. Son étreinte s'affermit. Tu sens son corps se contracter, tu entends les battements de son cœur, sa respiration courte. Puis sa bouche est contre la tienne, il te donne un long baiser, puis il blottit son visage dans le creux de ton cou.

Tu t'étends sur le canapé, et il s'allonge à côté de toi, un bras sous ta tête. Il ôte ton tee-shirt en quelques mouvements, puis dégrafe ton soutien-gorge et te le retire. Tu sens ses mains sur toi. Elles glissent sur ton ventre, s'y attardent un instant.

Tes lèvres se posent sur les siennes. Tu t'écartes de lui, il t'admire, promène le regard sur ton épaule, ta poitrine. Il t'embrasse encore, et tout te rappelle que tu es là, avec lui. Tu n'as nulle part ailleurs où aller.

24

Le garçon est là, étendu à côté de toi, les doigts repliés contre ton menton. Il caresse ta lèvre avec le pouce, puis le laisse posé dessus. De ses yeux marron, il admire ton visage, le contemple dans les moindres détails.

À travers le feuillage, la lumière s'écoule comme de l'eau. Il a une bouche bien dessinée, deux petits grains de beauté sur la pommette droite, juste sous l'œil. Malgré son front égratigné et couvert de contusions, tu le trouves parfait.

Il retire son pouce et pose les lèvres sur les tiennes. Tout d'abord, il t'embrasse doucement, en te touchant à peine. Ses doigts frôlent tes joues, tes sourcils et tes cheveux. Il pivote pour se mettre sur toi, les coudes de part et d'autre de ta tête. Puis il t'embrasse encore, avec plus de fougue, et sous sa pression tu t'enfonces un peu plus dans les feuilles et la mousse. Il dit quelque chose que tu n'entends pas, car ses mots sont étouffés contre ta peau, se perdent dans tes cheveux en désordre.

Tu passes les mains dans son dos nu, sur ses épaules. Tu relèves la tête, t'arques vers lui, et quoi que tu fasses ses lèvres trouvent tes joues, ton cou.

– Je ne les laisserai pas te faire de mal, déclare-t-il. Je ne peux pas te perdre.

Ses yeux sont mouillés de larmes. Il te redresse, tu es assise sur ses cuisses, les jambes enroulées autour de sa taille.

– C'est impossible, je ne l'accepterai pas, poursuit-il.

La bouche contre la sienne, les bras autour de son cou pour l'enlacer plus fort, tu as du mal à respirer.

Quand les larmes te viennent aussi, ce n'est pas parce que tu n'es pas en sécurité avec lui, que tu ne le seras jamais. Ce n'est pas parce que tu vas mourir sous ces arbres. C'est parce que tu sais à présent que ça n'a pas d'importance. Il est là avec toi, il t'aime, et c'est pour cela que tu n'as plus peur.

– Il va bientôt arriver, dis-tu. Il faut que tu partes, il faut que tu...

On t'attrape par l'épaule, tu te réveilles en sursaut. La pièce devient nette. À la lumière du soleil qui se déverse à flots par la fenêtre, tu vois la table basse encombrée.

– Qu'est-ce qui t'arrive ? demande Ben, penché au-dessus du canapé. Tu parlais en dormant. On aurait dit que tu pleurais...

Tu essuies tes larmes.

– Quelle heure est-il ?

– Presque midi.

Ben prend place au bord du sofa et pose la main sur la tienne.

– Qu'est-ce que je disais ?

– Je n'ai pas réussi à comprendre...

Tu te redresses, en te souvenant que tu portes le tee-shirt et le bas de pyjama de Ben. Tu as pris une douche tard cette nuit, avant de te coucher, et par endroits tes cheveux sont encore humides et emmêlés.

– Ça va, ce n'était qu'un rêve. Tu me donnes une minute ?

Ben t'embrasse sur le front, puis disparaît au sous-sol. Tu vas jusqu'au fauteuil installé dans l'angle, sors ton carnet de la poche de ton short, ramasses un stylo qui est tombé par terre. Puis, sur une page blanche, tu écris :

- Le garçon de l'île était pourchassé
- Le chasseur était un homme

Tu réfléchis au reste de ton rêve, essaies d'en analyser les détails, de te souvenir si les fleurs ou les arbres présentaient un signe distinctif, de voir si un élément pourrait t'aider à déterminer où et quand cet épisode a eu lieu. Mais rien ne ressort en particulier. Rien n'apparaissait aussi distinctement que le garçon.

Tu remontes aux pages précédentes, où tu as consigné ta rencontre avec l'homme au pistolet. Tu as reproduit le symbole qui figurait sur la bouteille de liqueur. Saint Eustache, un patron des chasseurs. La photo d'Ivan est glissée à côté, couverte de traces de doigts. Tu la regardes longuement, en espérant qu'il est encore en vie. Quand tu lui as tendu un piège, tu ignorais son identité et ses intentions. Tu ignorais ce qui allait se produire ensuite. Tu sais qu'il est en danger, tu en es certaine, mais comment lui venir en aide ?

En revoyant tes notes au sujet de la maison, tu repenses à la pièce. Les bâches, les échelles, les cartons marqués d'un logo. Cette image est très vive dans ton esprit. Tu attrapes l'ordinateur de Ben où tu l'as laissé la veille, cherches *Parillo Construction*, et obtiens une adresse. C'est à moins d'une demi-heure de route.

Tu rejoins Ben en bas, où il joue à Pac-Man. Penché vers l'avant, il s'escrime sur la manette.

– Il faut que j'améliore mon meilleur score, tu vas bientôt me dépasser, annonce-t-il.

– Je n'ai fait que quelques parties.

– Je sais... C'est dire comme tu es forte !

Il sourit, et tu sais qu'il essaie de détendre l'atmosphère. Tu t'appuies sur le bord de la machine.

– J'ai besoin de ta voiture.

– Quoi ? Pour aller où ?

– Je me suis rendu compte que je n'avais pas tout dit à la police. Dans la maison, j'ai vu du matériel de construction avec un logo. Je t'expliquerai plus tard.

– D'accord, répond Ben.

Malgré sa voix plutôt enjouée, ses bras retombent le long de son corps.

– Ne t'inquiète pas, je ferai attention.

Ben rit et va chercher ses clés. Il les garde un instant dans sa main et les fixe du regard. Tu es impatiente qu'il te les passe.

– Tu crois vraiment que je vais prêter ma caisse à une voleuse pyromane notoire ? dit-il enfin.

Tu ne peux t'empêcher de sourire. Grâce à lui, tu te sens moins seule.

– Hors de question que je te laisse m'accompagner, Ben.

– Attends, tu auras besoin que quelqu'un soit là pour appeler la police si on s'en prend encore à toi, ou pour...

– La police s'en fiche totalement, Ben.

Il serre le porte-clés entre ses doigts, le cache. Il attend que tu acceptes. Au fond de toi, tu sais que c'est une idée catastrophique. C'est criminel de le laisser s'impliquer davantage.

– D'accord, cèdes-tu. C'est toi qui conduis.

25

La rue est constituée d'un mélange de pavillons délabrés, de petits centres commerciaux et de terrains vagues. En approchant de l'adresse de Parillo Construction, tu scrutes le trottoir, cherches quelque chose qui te semblerait anormal.

Dehors, on ne croise pas un chat. La chaleur est trop écrasante, la chaussée noire est brûlante.

Ben se range sur le côté. L'édifice gris, bas et massif comporte une rangée de cinq portes de garage. Il n'y a pas d'enseigne, la vitre de la façade est couverte de graffitis, le verre est trouble.

Ben saisit le morceau de papier que tu tiens à la main, compare le numéro que tu as noté à celui qui figure sur le bâtiment. C'est le bon endroit.

– Tu ferais mieux de te garer ailleurs. Continue... dépasse cet arbre, là.

Tu pointes l'index droit devant toi, vers un bosquet de buissons et d'arbres qui empêchera qu'on vous voie depuis les bureaux.

La voiture avance de quelques mètres, puis Ben s'arrête et coupe le moteur. Alors qu'il s'apprête à descendre, tu l'attrapes par le poignet.

– Attends-moi ici, dis-tu. Ce sera plus facile si j'y vais seule.

– Tu es sûre ?

– S'il te plaît, Ben. Tu t'es déjà trop mouillé dans cette affaire.

Tu sors et t'éloignes, en espérant qu'il ne te suivra pas.

La tête baissée, tu approches du bâtiment par le côté, en prenant garde à ne pas entrer dans le champ de la façade vitrée, pour qu'on ne te remarque pas de l'intérieur. Sur un coin du toit, il y a une caméra, mais elle est pointée dans l'autre direction, vers la porte d'entrée. Tu préfères ne pas perdre de temps avec les bureaux et passer par-derrière.

Un homme décharge des marchandises d'un camion. Il t'aperçoit lorsque tu franchis l'angle, pose aussitôt la caisse qu'il porte et vient vers toi d'un pas rapide. Pas beaucoup plus grand que toi, il est couvert de tatouages du cou jusqu'aux poignets. Tu examines sa taille, sa hanche, mais il ne semble pas armé.

Tu baisses les yeux et fais mine de lire ton papier :

– Je cherche Parillo Construction. C'est ici ? C'est mon cousin qui m'a parlé de vous, parce que je voudrais faire réparer mon...

– Nous ne prenons pas de nouveau chantier.

L'homme fait encore un pas en avant pour te barrer le passage. Derrière lui, tu constates que la première porte de garage est entrouverte de quinze centimètres. Elle n'est pas cadenassée.

Les caisses entassées à côté du camion sont scellées avec du ruban adhésif ; tu ne distingues aucune inscription sur le côté. L'homme continue à te fixer, il attend que tu t'en ailles.

– Excusez-moi, ce n'est pas l'entreprise Parillo ? Vous n'êtes pas entrepreneurs ?

– C'était Parillo Construction, avant, mais plus maintenant.

– Pourtant on trouve toujours vos coordonnées sur Internet...

– Écoutez, nous sommes fermés. Vous pouvez me laisser finir ce que j'ai commencé ?

Tu essaies d'enregistrer le plus de détails possible : le camion blanc chargé de caisses en bois, la ceinture lombaire que tu vois à travers le tee-shirt de l'inconnu, le tatouage en motif de fil barbelé qui s'enroule autour de son biceps gauche et disparaît sous sa manche. Rien chez lui ne t'est familier. Tu jettes tout de même un dernier coup d'œil à la porte du garage. Cet homme s'efforce de cacher quelque chose, c'est évident.

Après ton départ, il te suit jusqu'à la bordure du bâtiment et t'observe pendant que tu traverses. Sans un regard pour

Ben qui attend dans la Jeep, tu fais semblant d'être garée quelques rues plus loin, et tu t'éclipses à une intersection.

Tu remontes deux pâtés de maisons, tournes à droite une première fois, puis une deuxième pour faire une boucle. Il te faut quelques minutes pour trouver une vue dégagée sur le terrain de derrière. Le camion y est toujours stationné, les caisses sont empilées sur le goudron. L'homme parle à présent à une femme beaucoup plus grande que lui, aux cheveux couleur prune tirés en chignon. Il ne cesse de montrer du doigt la porte de garage ouverte, puis le devant du bâtiment, et tu ne distingues que quelques mots : « Fille. Parillo. Posait des questions. »

La femme lui répond d'une voix trop basse pour être audible, puis l'homme verrouille le camion. Tous les deux disparaissent au détour de la façade.

Le garage est à moins de dix mètres – il te suffirait de franchir le parking en courant. Il n'y a qu'une caméra de surveillance à l'arrière. Tu sautes par-dessus la clôture de bois et tu fonces.

En approchant, tu entends du mouvement à l'intérieur, mais lorsque tu plaques l'oreille contre la porte, tu ne parviens pas à déterminer de quoi il s'agit. Tu tires sur la poignée et ouvres. La lumière inonde la salle au sol de ciment et révèle une demi-douzaine de pitbulls enfermés dans des cages individuelles. Ils bondissent sur leurs pattes arrière, s'agitent derrière les barreaux d'acier en montrant les crocs. Ils aboient si fort que tes muscles se crispent, le bruit strident te perce les tympans.

Les chiens ont la gueule labourée de cicatrices. L'un d'eux a la joue arrachée. Un autre est blessé aux pattes avant, sa peau est ensanglantée, à vif. Tu les contournes et passes une porte, et soudain l'odeur est si nauséabonde que tu en as le souffle coupé. Tu couvres ton nez avec le bas de ton tee-shirt.

Un anneau métallique est fixé au centre de la pièce, des taches brunes tapissent le sol. Des chaises pliantes sont alignées le long des murs. En jetant un coup d'œil dans les angles, tu remarques l'extrémité gauche du garage, où l'on a creusé le béton. Dans le trou, on a abandonné un gros sac-poubelle. À côté se dressent quelques tonneaux.

Tu t'agenouilles près du sac et le déchires juste sous le nœud, ce qui suffit à faire apparaître le menton d'un homme. La peau est cireuse, d'une blancheur bleuâtre.

Tu écartes les pans du sac et découvres le visage d'Ivan. Sa peau paraît trop fine, comme si elle risquait de se détacher des os. Ses yeux sont caverneux. Son menton part de travers, les hématomes sur sa joue sont encore visibles, le sang a séché et noirci.

Tu lâches le plastique et recules, les poils des bras hérissés. Ton estomac se noue, tu dois ravaler la bile qui remonte dans ta gorge. Le tee-shirt toujours plaqué sur ton nez et ta bouche, tu fuis le bâtiment en courant, accompagnée par les aboiements des chiens qui ne cessent pas.

26

Alors que Ben démarre sur les chapeaux de roue, tu frappes du poing sur le tableau de bord de la Jeep. Tu jettes un coup d'œil par le pare-brise arrière pour voir si on vous a pris en chasse.

– Tourne à la prochaine à droite, dis-tu. Ils risquent de se lancer à notre poursuite.

– Qu'est-ce qui s'est passé ? demande Ben, qui fonce en s'arrêtant à peine aux stops.

– Ils cachent un ring de combats de chiens. Et...

– Et quoi... ?

Ben tourne brusquement vers l'autoroute. Au panneau, il s'engage sur la rampe d'accès presque sans vérifier la direction.

– Et j'ai découvert un corps. Celui d'Ivan. L'homme qui m'a aidée.

À peine as-tu prononcé ces mots que ta gorge se serre. Tu te penches en avant, les coudes sur les genoux, et t'efforces de ralentir ta respiration. Tu te doutais qu'il lui était arrivé quelque chose de terrible, d'une certaine manière tu le savais, et maintenant que tu as vu le cadavre, c'est très concret.

« Ça n'aurait pas dû se passer comme ça », songes-tu en observant les voitures qui changent de voie, l'autoroute qui se déroule sous tes pieds.

La photo est encore pliée dans ta poche. Tu poses la main sur ta jambe, sens le cliché sous le tissu, mais tu ne veux pas le regarder – les regarder, eux. Il t'a sauvé la vie. Il essayait de t'aider. Il a menti pour te protéger.

Une fois formée, cette pensée ne te lâche plus. Elle se répète en une boucle horrible. *Il est mort à cause de toi... Il est mort à cause de toi... Il est mort à cause de toi...*

Ben quitte l'autoroute à la sortie suivante. Il conduit en silence, prend un virage un peu trop large, rectifie sa trajectoire au dernier moment. En approchant de chez lui, tu t'enfonces dans le siège passager et restes cachée, car tu crains toujours que la police surveille les lieux. Tu attends que la Jeep soit dans le garage pour te redresser.

Ben se penche vers toi, la main sur ton épaule.

– Ça va aller, dit-il.

– Ah bon, comment ? Hein, comment ça pourrait aller ?

Tu ne réussis pas à réprimer l'agressivité qui perce dans ta voix. Rien ne va, au contraire.

– Je ne sais pas. Il faut que tu utilises cette information, que tu la transmettes à quelqu'un. Aux flics, peut-être. Ça prouve que tu racontais la vérité. Ça prouve qu'ils l'ont tué.

Il prend ta main, glisse ses doigts entre les tiens. Son pouce caresse ta peau, suit les lignes de ta paume. Puis il la plaque contre sa poitrine. Tu le laisses te tenir ainsi quelques instants, en savourant la chaleur de son étreinte, en écoutant chacune de tes respirations – elles te rappellent que tu es en vie.

Tu sais qu'il a raison. Tu dois agir, tu n'as pas le droit de rester passive. Après une pression sur sa main, tu te libères.

27

– Papier ou plastique ? demande le caissier, un vieil homme aux mains noueuses d'arthritique.

Il s'apprête à mettre la bouteille de lait dans un sac.

– Ça ira. Je vais la porter comme ça, dit Celia Alvarez.

Elle se dirige vers les portes coulissantes, passe devant des rangées de roses et d'orchidées, chiffonne le ticket de caisse et le jette dans la poubelle.

Le parking est silencieux. Il est presque onze heures du soir. Tandis qu'elle cherche ses clés dans la poche de son uniforme, elle repense à la vidéo de l'interrogatoire. Combien de fois l'a-t-elle visionnée ? Gallagher s'est moqué d'elle, en déclarant que ça tournait à l'obsession, qu'ils en savaient déjà suffisamment. Des camés. Un incendie criminel. Ils avaient trouvé des seringues. Des bouteilles de vodka et de l'essence. Au mieux, la fille était dérangée, peut-être schizophrène, et souffrait d'hallucinations. Elle était convaincue qu'on la chassait comme du gibier.

Celia presse le bouton de sa clé, ne voit pas tout de suite sa Honda Civic qui est cachée derrière une camionnette rouge. Les feux arrière clignotent, un signal sonore retentit. Celia continue son chemin.

Et la version de la fille, que faut-il en penser ? De très nombreux éléments collaient. La chronologie, d'une part. Surtout, les détails étaient cohérents, elle n'a jamais dévié de son récit. D'après Gallagher, elle était peut-être sous l'emprise de la drogue. Pourtant ce n'était pas le cas. C'est impossible que...

Puis il y a la version que Celia elle-même a fournie aux deux agents lorsqu'ils l'ont rejointe derrière la maison. Elle a saisi la fille par le poignet, sorti ses menottes. Mais avait-elle vraiment l'intention de l'arrêter ? Avait-elle jamais laissé un suspect s'enfuir jusqu'ici ? Elle ne l'a poursuivie que sur quelques mètres, sans même prendre la peine d'escalader la clôture.

Elle a eu l'impression d'appliquer simplement la procédure, d'appréhender la fille parce qu'on lui en donnait l'ordre, tout en sachant que c'était une erreur. Ça allait à l'encontre de son instinct. Est-ce cela l'explication ? A-t-elle *voulu* qu'elle s'échappe ?

Depuis, Celia s'est surprise plusieurs fois à la chercher lorsqu'elle passait devant les lycées des environs, en se demandant si elle se mêlait à la foule massée sur les trottoirs. Elle scrutait les visages de toutes les jeunes marginales qu'elle apercevait sur Hollywood Boulevard. Celles qui dormaient sous une couverture relevée jusqu'au menton. Celles qui étaient assises à côté d'une pancarte de carton. Celles qui se tenaient dans les entrées d'immeubles obscures et proposaient leurs services aux hommes.

Pour cette raison, elle craint que son imagination lui joue un tour lorsqu'elle la voit qui attend à côté de la camionnette rouge. La fille se lève, recule de quelques pas, observe les mains de Celia pour voir si elle va dégainer son arme. La femme policier n'en fait rien. Elle se contente de l'examiner de la tête aux pieds : ses cheveux noirs lui tombent sous les épaules ; ses vêtements sont propres, mais plusieurs tailles trop grands ; son short de basket est roulé à la taille.

– S'il vous plaît, ne tentez rien contre moi. Il faut juste m'écouter. Je vous en prie.

Celia n'a pas besoin qu'elle la supplie. Un étrange instinct maternel lui donne envie de la serrer dans ses bras, même si elle n'a que trente-quatre ans et pas encore d'enfants. À côté de la camionnette, la fille semble plus petite. Elle s'exprime d'un ton égal, mais paraît hésitante, nerveuse. A-t-elle peur ?

– Je vous ai suivie depuis le poste de police. Je vous jure que je ne mentais pas, l'autre jour. Tout ce que je vous ai raconté, c'est la vérité.

– Je sais, répond Celia, qui ne trouve rien d'autre à dire.

La fille se tient près du pare-chocs de la camionnette, l'observe en maintenant trois bons mètres de distance entre elles.

– Il y a un détail que j'ai oublié de vous rapporter, au commissariat, déclare-t-elle. Je ne m'en suis souvenue qu'après. Les cartons de matériel entreposés dans la maison... sur les côtés, il y avait le nom Parillo Construction. Je ne sais pas si c'est une vraie entreprise ou non, mais je suis allée sur place. J'ai découvert le cadavre de l'homme qu'ils ont emmené, Ivan. Quelqu'un avait commencé à l'enterrer.

Celia sort son calepin et prend des notes.

– C'était quand ?

– Cet après-midi. Il y avait des chiens dans des cages, aussi... J'ai l'impression qu'ils organisent des combats de pitbulls.

– Est-ce qu'ils t'ont vue ?

– Deux personnes m'ont vue traîner dans les parages, mais pas entrer dans le garage. Ils n'ont sans doute toujours pas déplacé le corps.

Celia réfléchit. Il va lui falloir obtenir des renseignements sur les combats de chiens et suivre la piste jusque là-bas. Personne ne doit savoir qu'elle a rencontré la fugitive, qu'elle l'a encore laissée s'échapper. Personne ne doit être au courant.

– Une dernière chose, ajoute la jeune fille, en faisant quelques pas de plus en arrière. Vous m'avez dit des trucs sur San Francisco... le Club Xenith... mais dans les articles, on ne trouve rien sur moi. Est-ce que vous avez découvert comment je m'appelle et d'où je viens ? Est-ce que vous avez des infos sur mon identité ?

Celia s'appuie contre sa voiture. La fille ne ment pas, c'est plus évident que jamais. Elle ne se rappelle vraiment rien de sa vie avant la station de métro. Elle ne sait même pas son nom.

– Il n'y avait pas de nom sur ton dossier, réplique Celia. Tout ce que j'ai lu, ce sont des informations succinctes. À San Francisco, les autres jeunes te surnommaient Trinie. L'un d'entre eux a expliqué à la police que tu venais d'une ville près de Palm Springs... Cabazon, il me semble.

– C'est où ?

– À deux heures d'ici, vers l'est. Difficile de savoir si c'est la vérité. Tu campais dans un parc à San Francisco. Apparemment, ceux que tu fréquentais étaient pour la plupart des fugueurs. Ils ne possédaient pas beaucoup d'éléments à ton sujet.

Celia se demande si elle doit lui parler de l'autre renseignement, qui la taraude elle-même depuis un moment. Un des jeunes est encore incarcéré dans une structure pour délinquants juvéniles, aux abords de la Bay Area. Un garçon qui vivait dans la région à la même époque. Elle envisage de s'y rendre pour s'entretenir avec lui. Ça ne débouchera peut-être sur rien. Et surtout, elle n'a pas envie que la fille soit tentée d'aller fouiner de son côté. C'est une information qu'il est sans doute trop risqué de partager.

Lorsqu'elle relève les yeux, la fille s'éloigne à reculons sur le parking désert.

– Je peux te déposer quelque part, propose Celia. Il est tard.

– Je vais me débrouiller. Je me suis débarrassée du dispositif de repérage, ça fait plusieurs jours qu'ils sont incapables de me pister. Allez là-bas, s'il vous plaît. Allez seulement le trouver.

– Je te le promets.

Celia ouvre la portière, pose la bouteille de lait sur le siège passager. Elle ne monte pas dans sa voiture, mais observe la fille qui passe derrière le magasin et disparaît dans un jardin voisin.

28

– La piscine, ça commence à me soûler, déclare Izzy en sortant son iPhone de son sweat-shirt.

Elle se tourne sur le ventre, puis se remet sur le dos et tapote son écran.

– Ça ne fait qu'une heure, dis-tu.

Tu le sais, parce que tu surveilles le temps qui passe. Il s'est écoulé une heure depuis qu'Izzy est arrivée, il en reste deux avant que Ben revienne du lycée, et trois autres avant que tu partes pour Cabazon – la ville dont Celia t'a parlé hier soir. Quand Izzy a frappé à la porte du bungalow, plus tôt dans l'après-midi, tu t'es efforcée d'avoir l'air de bonne humeur, enjouée même, et tu t'es excusée pour ton absence de ces derniers jours (tu es rentrée chez tes parents, as-tu prétendu). Mais tu as du mal à faire la conversation, à paraître naturelle.

Izzy dirige son téléphone vers le lierre qui a envahi la clôture, zoome sur un colibri qui volette là. Elle filme quelque secondes, puis s'assoit et enfile un tee-shirt sur son maillot de bain.

– J'ai besoin de bouger, annonce-t-elle. Si on allait faire les boutiques de Hillhurst Avenue ?

– Normalement, je dois attendre que Ben revienne.

Tu te rends aussitôt compte de l'image que ces paroles donnent de toi – une pauvre fille qui ne vit que pour son petit copain. Impossible d'expliquer la vérité à Izzy. Hier soir, Ben et toi avez échafaudé un plan. Vous allez passer deux jours à Cabazon, pour voir si tu trouves quelque chose. Si tu y as vraiment grandi, un détail réveillera peut-être ta mémoire.

Izzy sourit d'un air narquois :

– Comme tu veux... Bonjour le syndrome de Stockholm !

– Ça veut dire quoi, ça ?

– Arrête de te comporter comme un otage lobotomisé ! J'ai pas envie de moisir ici une journée de plus... j'ai l'impression d'être une grosse larve. Allez, on sera rentrées dans une heure.

Elle enfile son short en jean, puis te lance ton pantalon et ton tee-shirt, qui étaient en boule sur une chaise longue. Tu te lèves, consciente que tu ne parviendras pas à la faire changer d'avis. Il faudra juste se dépêcher. Et être prudente.

Le temps que tu finisses de t'habiller, Izzy a déjà franchi le portail. Tu la rejoins, et toutes les deux vous remontez Franklin Avenue, où s'écoule un filet de circulation. Tu portes les lunettes de soleil que Ben t'a prêtées, tes cheveux détachés cachent ton visage, mais tu ne peux pas t'empêcher de jeter un coup d'œil en arrière de temps à autre.

Izzy s'interrompt une seconde pour photographier une fissure en forme de cœur dans le trottoir.

– Alors, dit-elle en glissant son portable dans sa poche, tu vas m'expliquer ce qui t'arrive ?

– De quoi tu parles ?

– T'es à l'ouest, aujourd'hui. Il s'est passé un truc... Je veux seulement savoir quoi. La nuit a été torride ?

Izzy essaie de toucher tes cheveux, mais tu t'écartes, et ta main file sur ta cicatrice.

– Izzy... arrête.

– Je voulais voir si tu avais un suçon, c'est tout.

– Ben et moi, on est juste copains.

– Moi aussi j'ai des copains de ce genre, commente Izzy en riant.

Sa question ravive les émotions de la nuit précédente, et tu crains que ton visage te trahisse. Tu t'es endormie sur le canapé à côté de lui, un bras de Ben sous ta tête et l'autre autour de ta taille. Tu as beau savoir que tu ne devrais pas t'attacher à lui, tu ne peux pas t'en empêcher. Sans lui, la maison t'a paru vide, aujourd'hui.

Vous traversez une rue bordée de grands palmiers, où s'alignent des rangées d'immeubles d'habitation. Sur un balcon, une femme fume une cigarette, les pieds croisés sur le rebord de pierre.

Un peu plus loin, tu aperçois la plaque de rue : *Vermont.* La station de métro où tu t'es réveillée n'est qu'à quelques pas d'ici, rappel supplémentaire de tout ce que tu caches à Izzy. Comment peux-tu lui expliquer qui est Ben pour toi ? Comment veux-tu qu'elle comprenne ?

– C'est compliqué, c'est tout, réponds-tu.

– Ça l'est toujours. Commence par le début. Vous vous êtes rencontrés où, tous les deux ?

– Je suis tombée sur lui au supermarché. Et ce n'est pas une façon de parler. Je lui ai foncé dessus, et il m'a rattrapée.

Avec son téléphone, Izzy filme l'arrière des voitures qui vous dépassent.

– Ça remonte à quand ?

Tu ne peux pas lui dire la vérité. Ben t'héberge alors que tu le connais depuis une grosse semaine seulement.

– Ça fait à peu près un an. J'allais dans le même lycée que lui, avant. Ensuite j'ai déménagé à l'autre bout de la ville. Et puis je me suis embrouillée avec ma mère, alors je cherche un endroit où vivre de manière plus permanente.

– Et ton père, il est où ?

Tu penses à ton souvenir de l'église, au cercueil couvert d'un drap blanc.

– Il est mort il y a quelques années.

Izzy s'arrête, te scrute d'un air interrogateur :

– Je croyais que tes parents se disputaient tout le temps.

Sans la regarder, tu prends une inspiration peu profonde. Par chance, quelques commerces apparaissent un peu plus loin. Il y a une supérette sur le trottoir d'en face, une boutique de vêtements pour enfants à ta droite. Au coin de la rue, une femme postée à côté d'un magasin bio affiche un sourire si radieux que tu le trouves oppressant.

– Un smoothie gratuit ? propose-t-elle. La promotion dure toute la semaine !

Elle vous offre un bon-cadeau à chacune. Izzy l'examine, puis le glisse dans sa poche. Tu espères que cette diversion suffira à détourner son attention de la conversation, mais elle continue à t'observer en biais en attendant ta réponse.

– Je voulais dire mon beau-père, en fait. Ça fait un bout de temps qu'il est avec ma mère. Ça n'a pas grand intérêt...

– Ça n'a pas grand intérêt, ou tu n'as pas envie d'en parler ? rétorque Izzy.

D'un mouvement de la tête, elle chasse la mèche de cheveux noirs qui tombe devant son visage. Le piercing à sa joue scintille.

Elle ne laisse rien passer. C'est un aspect de sa personnalité qui te plaît, mais une part de toi préférerait qu'elle ne pose pas de questions, que l'amitié qui se forme entre vous reste superficielle.

Vous dépassez le petit restaurant où tu avais retrouvé Ben, puis continuez vers des boutiques de vêtements. Quelques instants s'écoulent, avant que tu te rappelles sa question. Tu ne lui as pas répondu – c'est une réponse suffisante en soi, n'est-ce pas ?

– Je n'ai pas envie d'en parler.

– Je commence à croire que certaines personnes aiment prendre les choses à bras-le-corps, en discuter en long et en large jusqu'à épuiser le sujet, et que d'autres restent silencieuses en espérant que ça se tassera tout seul, commente Izzy. J'ai toujours appartenu à la première catégorie. Je ne pourrais pas changer mon caractère, même si je le voulais.

– Et moi je dois faire partie de la seconde. Je ne sais pas trop.

– Tous ces sentiments refoulés, ça ne te ronge pas ? Ton cerveau va finir par se dévorer tout seul, non ? Je ne comprends pas comment les gens comme toi arrivent à vivre.

– Les gens comme moi ? On dirait que tu me vois comme une sorte de monstre.

– Tu en es un, oui. Ce n'est pas bon pour la santé ! s'esclaffe Izzy. Je vais pas jouer les psys avec toi, mais quelles que soient les difficultés que tu traverses en ce moment, ce serait bien que tu te livres à quelqu'un. Tu te rappelles les problèmes que j'ai eus au lycée ? Ce n'était même pas ma faute, et pourtant, tous les soirs, Mims et moi on essaie de démêler tout ça.

– À t'entendre, c'est un choix. Comme si on décidait de faire face ou pas.

Toi qui as déjà du mal à penser à ce qui est arrivé à Ivan, tu ne risques pas d'en parler.

– Tout est une affaire de choix, dans la vie, non ?

Elle ne t'interroge pas directement, mais lance sa question en l'air, pour que la conversation paraisse inoffensive. Tu avances en direction de Hillhurst Avenue, deux pas derrière Izzy. Tu réfléchis à sa remarque, et conclus qu'elle a tort. Tout n'est pas une affaire de choix. Certaines choses nous sont imposées.

Au croisement, le feu est rouge. Tu rabats tes cheveux pour qu'ils encadrent ton visage. Par réflexe, tu balaies le trottoir du regard et observes deux hommes de l'autre côté de la rue. Ils portent une blouse de médecin, l'un d'eux tient une chemise cartonnée. Ils discutent d'un air décontracté, si désinvolte que c'en est presque réconfortant.

– Regarde, des scientologues, murmure Izzy en pointant du doigt deux femmes debout devant le porche d'un petit bâtiment gris.

Un homme est assis à coté d'un panneau indiquant : *Test de stress gratuit.* D'un geste, il désigne la chaise pliante en face de lui.

– Vous voulez tester votre niveau de stress gratuitement ? demande-t-il.

Alors que tu t'apprêtes à passer ton chemin, Izzy fait un pas vers lui, examine la petite table couverte de livres installée sous une marquise. Elle en prend un et pose une question sur les extraterrestres.

– On ferait bien d'y aller, dis-tu, lorsque tu aperçois la terrasse de café située juste en face.

Au moins soixante personnes sont attablées là. Toutes ont une vue imprenable sur toi. Tu lances un coup d'œil vers le coin de rue opposé, en essayant de déterminer la meilleure façon de t'éclipser.

– Faut que tu mates ça, sérieux...

Izzy choisit un autre ouvrage, le retourne et montre le volcan en éruption sur la couverture.

Elle dit autre chose à l'homme, mais tu ne l'écoutes pas. Quelque chose cloche, tu le sens. Tu as l'étrange impression qu'on t'épie.

Tu regardes plus loin dans la rue, et tes yeux se figent. Cette fois, il n'a pas de chapeau, pas de lunettes de soleil. Il a l'air d'un joggeur comme un autre, avec un tee-shirt et un short tout simples, des chaussures de course grises. C'est l'homme qui t'a suivie depuis le parc. Tu reconnais son visage anguleux, son teint pâle. Tu ne vois pas le pistolet, pourtant tu es sûre qu'il en a un.

– Il faut que je file..., annonces-tu en t'éloignant.

Au bout de quelques pas seulement, tu te mets à courir. Izzy t'appelle, mais tu ne te retournes pas.

Tu traverses la rue à toute vitesse, sans attendre que le feu change de couleur. Quelqu'un donne un coup de klaxon. Une autre voiture pile. Tu continues en aspirant de grandes goulées d'air. Tu essaies de te convaincre qu'il n'osera pas te tuer ici, qu'il ne le peut pas, à cause des témoins trop nombreux. Mais lorsqu'il accélère, la peur t'envahit. Tu as beau sprinter, il est toujours derrière toi.

Au carrefour suivant se croisent cinq routes. Tu prends vite ta décision, tournes à droite derrière une enfilade de vastes parkings. Peu après, tu pénètres dans un quartier résidentiel. Des immeubles trapus bordent la chaussée. Quand tu regardes en arrière, l'homme a disparu. Il a pris un autre virage... mais combien de temps lui faudra-t-il pour te retrouver ?

Tu longes les bâtiments, en restant sur le trottoir, où les arbres et les buissons plus épais t'offrent une meilleure couverture. Dehors, il n'y a personne. Un peu au nord, il y une intersection plus animée. À l'ombre, tu te sens soudain plus calme, plus lucide. Il te suffit d'atteindre le carrefour.

Alors que tu passes devant une autre résidence, tu éprouves comme un malaise. Tu te détournes et l'aperçois. Il se cache dans l'escalier qui mène au deuxième étage, l'avant-bras posé sur la rambarde de métal, le pistolet braqué vers ta tête. Il tire, et la balle te frôle de si près que tu sens un courant d'air. Le projectile termine sa course dans une voiture non loin de là.

Le pare-brise vole en éclats. L'alarme se met à hurler. Tu pars à toutes jambes, mais il descend déjà l'escalier. Ses pas résonnent sur le béton, claquent d'un rythme rapide tandis qu'il dévale les marches, en saute quelques-unes et atterris lourdement en bas.

« Il suffit d'arriver au croisement, penses-tu. Tu y es presque. »

Ce n'est pas loin, mais tu n'as pas assez d'avance sur lui. Tu l'entends qui te rattrape. Quelques secondes plus tard, il te fait chuter, tes mains dérapent sur le goudron. Tu es couchée sur le flanc, cachée derrière une haie.

Tu roules sur le dos d'un mouvement vif, ramènes tes genoux contre ta poitrine. Au-dessus de toi, il porte la main vers le pistolet coincé dans sa ceinture, et tu profites de cette fraction de seconde pour le frapper le plus fort possible des deux jambes. Tu l'atteins au bas-ventre. Il se plie en relâchant un souffle chuintant.

Tu te relèves et parcours à toute allure les quelques mètres qui te séparent du carrefour. Lorsque tu te retournes pour lui lancer un dernier coup d'œil, il est recroquevillé sur le trottoir, la main toujours sur la hanche. Le pistolet est tombé quand tu lui as donné un coup de pied. Il le récupère, mais tu as rejoint l'avenue principale, où quelques voitures passent à bonne vitesse. Des fidèles sortent d'une église voisine. Les paroissiens s'attardent près des portes.

Ton regard croise celui de l'homme. Tu remarques l'étrange cicatrice incurvée sur son menton, ses yeux bleus et caves. Tu te rends compte, très fugacement, que tu le reconnais... oui, tu le connais.

Un taxi jaune arrive à vive allure. Sans hésitation, tu bondis en travers de sa route, les paumes tendues devant toi. Le chauffeur écrase la pédale de frein, jure et klaxonne. Cela suffit à attirer l'attention de tout le monde. Sur le perron de l'église, l'assemblée te scrute. Plus loin, l'homme a rengainé son arme.

Tu ouvres la portière du taxi, sautes sur la banquette arrière, et annonces au chauffeur que tu paieras n'importe quel prix pour qu'il te ramène chez toi.

29

Le médecin voit approcher une berline noire, mais la pluie l'empêche de déchiffrer la plaque d'immatriculation. On lui a dit de repérer les caractères AX9. Quelques voitures passent, puis il se poste au bord de la chaussée et hèle la berline.

Il pleut des cordes sur New York ; les gouttes fouettent son visage et piquent ses yeux. La main levée, il attend. Il n'est qu'à quelques blocs d'habitations de la West Side Highway, et dans les rues calmes, seuls défilent des véhicules qui fendent les flaques et projettent de l'eau sale sur le trottoir. Il y a aussi une femme qui se tient sous la marquise d'un immeuble, son parapluie retourné, et quelques personnes qui partent en courant vers la station de métro.

Lorsque la berline ralentit, le médecin parvient à lire la plaque. AX9. Ça concorde. Une fiche de papier est glissée derrière le pare-brise, une sorte de fausse licence de taxi, mais le conducteur est nouveau.

Il baisse sa vitre. Âgé, les cheveux gris et crépus, il porte un polo noir. Un crucifix en or est visible sous son col.

– Où allez-vous ? demande-t-il.

Il faut toujours quelques secondes au médecin pour réagir. Il réfléchit toujours avant de parler, sachant qu'il doit fournir la formulation exacte. Chaque fois qu'ils le contactent, ils insistent sur ce point. Tout doit se dérouler selon leurs instructions.

– Je cherche à me rendre dans le centre. Combien ça coûtera, pour aller à Broadway et Spring ?

Le chauffeur incline la tête, regarde au loin sous la pluie. Les essuie-glaces fonctionnent à leur vitesse maximale, se balancent à droite et à gauche en produisant un battement régulier.

– Quarante, ça vous va ?

Le médecin doit répondre « trente-cinq », puis prendre place à l'arrière quand le conducteur aura accepté. C'est ainsi que tout doit se dérouler, mais alors qu'il attend, il ressent une courte hésitation. Que se passe-t-il ? Cal est-il mécontent de lui ?

– Trente-cinq ? demande-t-il.

Le chauffeur hoche la tête, pointe le pouce par-dessus son épaule pour l'inviter à monter.

Le médecin lance un dernier regard vers la rue, observe les rares badauds. On ne lui laisse pas le choix. Il doit le rencontrer, il faut y aller, malgré son envie de faire demi-tour, de retourner à l'hôpital, de prendre sa voiture et de partir. De s'enfuir. Combien de temps leur faudrait-il pour le retrouver ?

Il ouvre la portière, se glisse sur la banquette. Cal est là, vêtu d'un costume-cravate noir impeccable.

– Richard, dit-il. Merci de vous être libéré si vite.

– Je vous en prie.

La berline démarre, et le médecin est repoussé contre le dossier. Ses vêtements sont trempés. Il chasse les cheveux qui collent à son front, éponge la pluie sur ses joues. S'efforçant de ne pas paraître nerveux, il regarde par le pare-brise tandis que la voiture s'engage sur Broadway en direction du sud.

– Le produit, commence Cal, vous m'aviez dit que vous étiez sûr de son efficacité.

Richard secoue la tête :

– J'ai dit que j'étais aussi sûr qu'il m'était possible de l'être. Ce projet reste très expérimental. Je ne vous l'ai jamais caché.

– Vous m'avez certifié qu'à forte dose la mémoire ne reviendrait pas pendant six mois, voire un an. C'est bien ce que vous m'avez affirmé, n'est-ce pas ?

– C'était une théorie, une hypothèse de travail. Pourquoi ? Qu'est-il arrivé ?

Cal le dévisage à travers ses fines lunettes sans monture :

– On nous a signalé que, a priori, ce ne serait pas le cas. Chez certains, des souvenirs semblent se manifester. L'un d'eux a reconnu un des nôtres, qui était présent sur l'île.

Le premier réflexe du médecin est de s'excuser ou de se justifier, aussi doit-il se remémorer qu'il n'a rien à se reprocher. La drogue a toujours été expérimentale. Ils le savaient. Il l'avait indiqué clairement. On n'avait utilisé ce produit que dans le cadre d'une poignée d'études, principalement pour traiter des patients souffrant d'un état de stress post-traumatique, et sa théorie n'avait toujours été que cela... une simple théorie. Lorsqu'ils avaient procédé à des essais à forte dose, ça avait fonctionné – seulement trois semaines, mais ça avait fonctionné.

– C'était efficace, insiste-t-il. Je l'ai constaté. Et vous aussi.

– Ça ne l'est plus. Cela fait moins d'un mois, et certains semblent avoir des souvenirs.

– Depuis le début, c'est expérimental. Vous m'avez demandé d'effacer des années. Le temps qu'ils ont passé sur l'île, une période aussi longue... Rien n'a jamais été sûr.

Cal triture son bouton de manchette, puis reprend d'une voix égale :

– Il nous en faut plus.

Le médecin souffle. Il regarde New York qui défile derrière la vitre, cherche comment répondre. Il n'est pas en mesure d'obtenir davantage de produit, mais ils doivent continuer à croire le contraire. Cal doit avoir besoin de lui.

– Il va me falloir du temps.

– Nous n'en avons pas.

– Vous ne pouvez pas attendre de moi que je vous en fournisse du jour au lendemain. Ça va me demander deux semaines... au moins.

– Une seule.

Cal fait signe au chauffeur, et la berline se range. Ils n'ont pas atteint Broadway et Spring, mais se sont arrêtés au-dessus d'Union Square. Le Flatiron Building se trouve une rue plus loin.

– Je vais essayer.

– Il faudra faire mieux que ça, réplique Cal. Sinon, vous risquez de finir vous-même sur l'île.

Puis il se penche par-dessus le médecin pour lui ouvrir sa portière et, d'un geste, l'enjoint à descendre. Dehors, les égouts débordent, l'eau monte jusqu'au trottoir. Le médecin voudrait tenter de le convaincre, de le mettre de son côté, mais Cal regarde droit devant lui. Il attend qu'il parte.

Le médecin sort, aussitôt douché par les trombes d'eau. Il referme la portière, la voiture s'éloigne.

Pendant quelques secondes, il reste sur place, incapable de bouger. Il pense à ceux qu'il a soignés à leur retour de l'île, ceux qui étaient revenus avec une blessure ouverte au bras, la chair gangrenée. L'un d'eux avait une pointe de lance de douze centimètres enfoncée dans le dos, tout près de la colonne vertébrale. Le médecin avait examiné le projectile ensanglanté. On avait taillé dedans de petites barbelures pour qu'il soit impossible de le retirer.

Doucement, le médecin prend une longue inspiration, attend que son cœur se calme.

« Que Cal aille se faire voir, avec ses menaces ! » peste-t-il pour lui-même tandis que la voiture tourne à droite dans la 21e Rue et disparaît.

30

– Ça va, tes mains ? demande Ben.

Tu regardes tes paumes éraflées et rosies, les hématomes qui commencent à peine à brunir. La peau te brûle aux endroits où elle a frotté sur le trottoir.

– Oui, ça va... Je me sens mieux. Je suis surtout soulagée qu'on ait quitté Los Angeles.

Lorsque le taxi t'a déposée, Ben était déjà rentré. Tu lui as raconté l'épisode avec le chasseur, et il t'a vite fait monter dans la Jeep avant de prendre la route pour Cabazon. À mesure que les kilomètres défilaient, tu réussissais à te détendre davantage, le tremblement de tes mains s'atténuait.

Trois heures plus tard, rien ne semble indiquer qu'on vous a suivis. Tu veux te convaincre qu'ici il ne peut pas t'atteindre.

Ben engage la Jeep dans une large avenue, vous longez une autre rangée de maisons. Cabazon est une ville du désert, entourée d'un sable orangé qui s'étend jusqu'aux montagnes. Près de la sortie de l'autoroute, il y a une station-service devant laquelle se dressent deux sculptures de dinosaures géantes. Pendant que Ben faisait le plein, tu les as observées, en te demandant combien de fois ton regard s'était posé dessus par le passé. As-tu vécu longtemps ici ? As-tu grandi dans les environs ? Quelqu'un y attend-il ton retour ?

– Il faut seulement que je reconnaisse un truc, n'importe quoi, marmonnes-tu en parcourant du regard la route de terre.

Les maisons sont loin, en retrait, au-delà d'une étendue de sable et de broussailles, petites structures rectangulaires délavées par le soleil. Rien ne te paraît familier.

– J'ai l'impression qu'il ne me reste plus beaucoup de temps, ajoutes-tu d'une voix blanche.

Tu te détournes, en espérant que Ben ne voie pas les larmes qui brillent soudain dans tes yeux.

– Ne dis pas ça, réplique-t-il. Tu lui as échappé deux fois. Tu es forte, intelligente, et désormais je serai avec toi, où que tu ailles. Tant que tu auras besoin de moi. La femme policier est en train d'assembler les pièces du puzzle. Elle va les coincer.

Ben s'arrête à un stop. Une mère traverse devant vous, accompagnée par deux garçonnets sur des vélos encore équipés de petites roues. Tu n'as pas mis tes lunettes de soleil, et vos regards se croisent. Pour une fois, tu voudrais qu'on te reconnaisse ; tu aimerais qu'elle te sourie, qu'elle te salue d'un petit geste.

Mais tous les trois poursuivent leur chemin. Elle dit quelque chose à ses fils, pose la main sur le dos du plus jeune. Ben prend un virage, fait le tour d'un autre pâté d'habitations, et vous passez devant un jardin où l'on fête un anniversaire. On a suspendu des fanions en papier de couleurs vives. De la musique résonne.

– Comment peut-on avoir vécu normalement ici et en arriver à ce que j'endure ? Comment c'est possible, ça ?

Ben ne répond pas. La main sur ton bras, il tourne encore pour reprendre la direction du centre, qui ne mesure pas plus de quinze kilomètres carrés. Au cours de la dernière heure, vous avez quadrillé les rues, longé parcs et aires de jeu, écoles, bibliothèques et supermarchés. Combien de supérettes avez-vous vues ? Combien de restaurants ? Tu scrutes en permanence les visages d'inconnus, en te demandant si tu les connaissais avant.

Le soleil décline, le ciel fonce en prenant des teintes roses et dorées. Vous passez devant un centre commercial, bordé par un mur couvert de publicités. L'une d'entre elles attire particulièrement ton attention. On y voit une blonde vêtue d'une robe longue à paillettes, et sous la photo l'inscription *Lula mariage* est imprimée en grosses lettres calligraphiées. La femme a une fleur d'un violet vif à l'oreille. L'affiche est décolorée, déchirée par endroits, mais elle te semble familière. Et un souvenir déferle en toi.

La peinture jaune de la maison s'écaille. Tu glisses le doigt dessous, arraches un morceau, le regardes s'effriter dans ta main. Tu es plus jeune, tu le sens, et avant que tu aies eu le temps de te détourner, un petit garçon aux cheveux et aux yeux noirs court jusqu'à toi. Dans sa main, il serre une poignée de sable, qu'il te lance dans le dos :

– Touchée !

Puis il repart à toutes jambes dans le jardin, et tu t'élances à sa poursuite. Il n'a sans doute pas plus de cinq ans, mais il est rapide. Il saute par-dessus des pneus couchés dans le sable, contourne un téléviseur abandonné à côté de la clôture surmontée de fil barbelé. Il pénètre dans la cour de devant. Un peu plus loin sur la route, au-dessus de quelques maisons misérables, se trouve un panneau publicitaire pour une boutique nommée Lula mariage. La mariée porte de l'ombre à paupières violette, ses cheveux s'élèvent huit centimètres au-dessus de sa tête.

Le garçon fait de nouveau le tour, passe derrière la maison et se faufile par un trou dans le grillage. Tu le suis, bondis par-dessus une échelle rouillée. C'est chez toi, évidemment. Tu connais chaque dalle du jardin, les endroits où le chien a creusé la terre, tu sais que des planches sont calées derrière la petite porte.

Tu cours et tu es heureuse, tu ris, et lui aussi. Lorsqu'il se retourne, ses yeux reflètent la lumière. Il sourit de toutes ses dents, et en une fraction de seconde, tu sens que tu aimes cet endroit, que tu l'aimes, lui. Tu fonces jusqu'à lui, ton petit frère.

*

– Ça m'a semblé tellement réel ! répètes-tu. Il était juste là. C'est comme si j'étais de nouveau avec lui.

Après que ce souvenir t'a submergée, Ben a circulé dans le quartier en essayant de trouver une maison jaune. Sans succès. On a dû la repeindre quelques années plus tôt, et la boutique de robes de mariée a sans doute fermé. Parmi les gens que tu as interrogés, personne n'en avait entendu parler, et le panneau publicitaire n'est pas celui de ton flashback. Cette affiche lépreuse du centre-ville est la seule preuve que ce magasin a existé un jour.

– Quand ton autre souvenir t'est apparu, tu as éprouvé la même sensation ? demande Ben en se garant dans le parking d'une supérette.

La lumière au néon qui se déverse par le pare-brise baigne son visage d'une lueur étrange.

– C'était aussi fort, oui.

– Qu'est-ce que c'était ?

– Je voyais une église, un enterrement. Je ne savais pas l'enterrement de qui, par contre. Je sais juste que je lisais quelque chose.

– Ça revient, alors. Tu vas retrouver la mémoire.

Il te donne un baiser avant d'entrer dans le magasin, t'ayant promis de vous y acheter de quoi dîner.

Tu sors ton carnet de la boîte à gants et inscris quelques lignes :

– Ma maison était jaune

– Située au bord de l'autoroute, près d'un panneau publicitaire

- Lula mariage
- Frère plus jeune, yeux et cheveux foncés

Tu es encore en train d'étudier tes notes quand on frappe à la vitre. C'est un homme d'une quarantaine d'années. Il a des cheveux gras en bataille, un gros nez bulbeux parsemé de petites veines rouges. Ses yeux sont vitreux. Tu tentes de verrouiller discrètement ta portière.

L'inconnu la frappe du plat de la main :

– Ah bah tiens, maintenant tu te balades dans une belle bagnole et tu fais semblant de pas me reconnaître. Je vois ce qui s'est passé. Dire que, moi, un gars gentil, le cœur sur la main, je pensais : « Allez, mon vieux, faut l'aider ! Tu sais qu'elle a toujours besoin de quelqu'un pour lui en acheter ! »

– Comment ça ? Pour m'acheter quoi ?

L'homme se penche vers toi et t'adresse un clin d'œil :

– Ouais, c'est ça, « quoi donc » ? T'inquiète, je dis rien à personne.

– Je posais la question sérieusement.

– Tu l'aimes toujours, ta petite bouteille de whisky, pas vrai ? Je vais aller t'en chercher, mais faudra m'en filer un peu. Pas beaucoup, hein, juste une lichette !

Tu baisses ta vitre, en te demandant s'il est possible qu'il ne se trompe pas de personne.

– On se connaît ? Depuis quand ?

– Tu te fiches de moi ?

– Non, pas du tout... je ne me rappelle pas, c'est tout. Il y a des tas de choses dont je ne me souviens plus. J'ai eu des ennuis.

L'homme jette un bref coup d'œil vers le magasin.

– T'as changé... mais je suis sûr que c'était toi. Ça fait un bail que je t'ai pas croisée, un an peut-être ? C'est qui, ce garçon ?

– Comment je m'appelle ?

– Qu'est-ce que j'en sais ? Tu venais me demander de t'aider, et un jour j'ai vu des types te parler. T'es partie avec eux, c'est tout. Et depuis je t'ai pas revue.

– À quoi ressemblaient-ils ?

Il enfonce profondément les mains dans les poches de son jean crasseux. Puis il donne un signe de tête en direction de la voiture, vers le frein à main. Il y a cinq dollars dans un gobelet à café usagé.

– Tu me dépannes ?

Dans la supérette, tu vois la tête de Ben qui dépasse du rayon friandises. Tu sors le billet du gobelet et le tends à l'inconnu.

– C'était qui, ces gens ? De quoi ils avaient l'air ?

– Je m'en souviens pas. Ils étaient sapés chicos ! C'étaient pas des gars d'ici.

– Je les connaissais ?

– Ouais, et tu les attendais.

Tu as du mal à l'imaginer. Tu aurais préféré l'entendre te répondre qu'ils t'avaient enlevée, que tu t'étais débattue en hurlant. Que tu ne les avais pas suivis de ton plein gré.

– Vous m'avez déjà vue avec quelqu'un d'autre qu'eux ?

– Avec un môme. Un peu plus jeune que toi.

Tu te reportes à ton carnet, à la description de ton frère. Ta poitrine se comprime.

– Vous pouvez me le décrire ? Comment s'appelait-il ?

– Il te ressemblait pas mal : cheveux noirs, jolis yeux marron. Je sais pas trop...

Tu notes tout ce qu'il dit, en t'efforçant d'ignorer ses compliments sur ton physique.

– Quoi d'autre ? Combien de fois je vous ai demandé d'aller me chercher une bouteille ? Vous savez où je vivais ?

Il s'écarte de la vitre en riant. Il contemple la route derrière toi, la circulation. Il contrôle les coins du bâtiment d'un coup d'œil, sans que tu saches pourquoi. Quelque chose a dû l'effrayer.

Tu te détournes et aperçois un agent de sécurité à l'autre bout du parking. Celui-ci crie quelque chose que tu ne comprends pas bien. De la main, il fait signe au type de te laisser tranquille.

– Je t'ai croisée que quelques fois, conclut l'homme en s'éloignant. C'est tout ce que je sais.

Dans le même temps, Ben sort chargé de deux sacs. Il regarde l'inconnu, qui aborde maintenant une femme sur le trottoir, puis reporte son attention sur toi :

– Qu'est-ce qui se passe ? Il y a un problème ?

– Ce type, là... il croit me connaître. Il m'a dit qu'avant je lui demandais de m'acheter de l'alcool. Il m'a vue il y a un peu plus d'un an... je partais avec deux hommes. Apparemment, j'étais parfois accompagnée d'un jeune garçon. Je pense que c'était mon petit frère.

Ben monte en voiture. Ensemble, vous observez l'homme. Il parle en agitant les bras, ses cheveux lui tombent devant le visage. Il crie quelque chose à la femme, qui pousse un caddie rempli de vieilles couvertures.

– Qu'est-ce qu'il t'a appris d'autre ?

– Rien. J'ai essayé d'en savoir plus, mais il a eu l'air de me prendre pour une folle.

Ben continue de le scruter par le pare-brise :

– C'est le monde à l'envers, là... *Lui*, il t'a prise pour une folle ?

L'homme a relevé son tee-shirt, d'où dépasse sa bedaine, et une large bande de son caleçon remonte dans le creux de son dos. Il frappe ses côtes plusieurs fois et beugle des mots qui ressemblent à : « Ma belle brioche ! »

– Je suis d'accord avec toi, commentes-tu.

Ben prend ta main et la presse légèrement :

– C'était réel, alors, la femme policier ne s'est pas trompée. C'est ici qu'ils ont dû te trouver. Tu as un frère, tu habitais dans le coin. La femme policier dit la vérité.

– D'accord... mais où ? Et quand ?

Tu retournes à ton carnet, notes une description de l'homme et l'adresse exacte de la supérette, au cas où tu aurais besoin de le retrouver. Difficile de savoir si tu le crois, mais les pièces du puzzle s'imbriquent. Tu as vécu ici. C'est ici qu'ils t'ont enlevée. Tu as un frère cadet. Tu te demandes où il est maintenant, s'il te cherche.

Tandis que vous quittez le parking, tu salues l'homme de la main.

31

Quand Ben remonte à la chambre du motel, il est presque dix heures. Tu es assise sur le balcon qui surplombe la piscine, devant la table où tu as disposé vos sandwiches sous vide et vos chips mexicaines. Tu as partagé la bouteille de soda en deux verres.

Un sourire au coin des lèvres, Ben observe les grands lits placés côte à côte :

– Heureusement qu'il y a deux lits. J'avais peur que tu essaies d'abuser de moi.

– Tu as déjoué mes plans, déclares-tu en riant. Qu'est-ce qu'il a répondu, le type de la réception ? Il a pu te renseigner ?

Ben s'installe en face de toi, boit une gorgée de soda.

– D'après lui, ça fait au moins cinq ans que la boutique de robes de mariée a fermé. L'affiche qu'on a vue doit être très ancienne.

– On n'a aucun moyen de repérer la maison, alors. Le panneau publicitaire n'existe même pas.

– Plus maintenant...

– Donc, j'ai *probablement* un frère cadet... Il est *possible* que j'aie demandé à ce type de m'acheter de l'alcool. Ces gens m'ont *certainement* trouvée dans cette ville, mais je ne sais même pas qui c'est. Je suis bien avancée.

Tu ne regardes pas Ben, mais le petit bassin en forme de haricot. La plupart des chaises longues sont cassées. Sur un mur extérieur, on a colmaté des trous avec du gros scotch. Les couloirs empestent la cigarette, la moquette est sale. Tu as le sentiment que le champ des possibles est réduit, ici – dans cette ville, dans cet endroit.

– D'autres souvenirs vont peut-être te revenir. Si ça se trouve, ce n'est qu'une question de temps.

– Peut-être...

Tu as du mal à ne pas te sentir découragée.

Tu as vu la maison avec une telle clarté, l'image était tellement vive. Comment peux-tu être si près du but sans avoir aucun moyen de la retrouver ? Dans combien de rues avez-vous roulé, ce soir, en espérant seulement reconnaître quelque chose ? Ton frère est-il encore dans les parages, en train de te chercher, d'attendre ton retour ?

– Il fallait que tu viennes ici, ajoute Ben. Sinon, tu aurais toujours eu un doute.

– C’est tout ce que ça va m’apporter ? Un souvenir fugace, un surnom qui ne me mènera nulle part ? Et si je n’obtenais *jamais* rien de plus ?

– Ça vaut peut-être mieux...

– Comment ça ?

Ben pose le menton sur ses mains. Il ouvre la bouche, mais reste un moment à te dévisager, comme s’il cherchait ses mots.

– Je ne sais pas. C’est juste que... il m’est arrivé de vouloir oublier certains trucs. Des trucs nases, que je préférerais effacer de ma vie. Certaines personnes, aussi. Quoi que tu aies vécu avant, même si tu en as bavé... c’est peut-être une occasion à saisir.

– L’occasion d’être quelqu’un d’autre ?

– Oui. De devenir celle que tu veux être.

Tu songes aux listes de ton carnet. Chaque fois que tu réfléchis à ce que tu sais de toi, tu parviens à la même conclusion : tu étais une fugueuse. Tu as multiplié les séjours en prison pour mineurs. Tu n’es pas un modèle d’innocence, tu sais donner des coups douloureux. Le garçon, celui que tu as vu en rêve, est la seule personne qui semble avoir tenu à toi, et tu n’es même pas sûre qu’il existe vraiment.

– C’est l’occasion de prendre un nouveau départ, poursuit Ben d’une voix moins forte, en baissant les yeux. C’est un peu ce que tu m’as offert, toi. Maintenant, tout me paraît différent. Avec la mort de mon père et les problèmes de ma mère, j’avais l’impression d’être pris au piège, coincé. L’impression que rien ne comptait, que je ne pourrais jamais rien changer. Mais depuis que je te connais... que je te vois affronter tes difficultés... je me sens mieux. Comme si je n'étais pas obligé de rester à me tourner les pouces, d'accepter ce qui s'est passé. Peut-être que je peux mener ma vie comme j'en ai envie, choisir qui je veux être.

Tu croises son regard, et vous souriez tous les deux. Une sensation de chaleur envahit tes joues. Avant que tu aies le temps de réfléchir ou d'hésiter, tu te lèves et viens tout près de lui. Tu lui prends la main, vos doigts s'entremêlent.

– Tu veux dire que tu m'aimes bien ?

Il rejette la tête en arrière, lève les yeux vers toi, et il affiche de nouveau le sourire dont il a le secret – radieux, éblouissant.

– Je crois, oui. C'est vrai.

Il se lève à son tour, avance vers toi, et après quelques pas tu es contre le mur. Il passe la main derrière ta tête, puis, du bout des doigts, caresse ton visage. Il étreint ta main plus fort et pose ses lèvres sur les tiennes.

Il te serre contre lui, embrasse tes joues, tes paupières. Après une pause, il écarte ton col pour déposer un baiser sur ton épaule.

Tu glisses les mains dans son dos, sous son tee-shirt, sur sa peau douce et lisse. Puis il te saisit par la taille et te soulève avec facilité, pivote sur lui-même dans la chambre fraîche et t'emmène sur un des lits.

Allongée sur le dos, tu le regardes retirer son tee-shirt. Il est grand et mince, tout en muscles secs, sa peau est bronzée et mouchetée de taches de rousseur. Il prend ta tête entre ses mains et t'embrasse encore.

– Je croyais que tu voulais ton propre lit, le taquines-tu.

Il rit, tu sens son souffle dans tes cheveux. Quand vos yeux se rencontrent, tu vois chacun des grains bleus et gris de ses iris.

– J'ai changé d'avis.

– Tu es sûr ? Je ne voudrais pas abuser de toi...

Il te retire ton tee-shirt, dégrafe ton soutien-gorge, puis s'attaque aux boutons de ton pantalon.

– Ça devrait aller. Je me sens bien avec toi, répond-il en souriant, avant d'enfouir son visage au creux de ton cou.

*

Tu somnoles à moitié, réconfortée par la présence de Ben à côté de toi, par sa main qui caresse ton dos. Tu remontes les draps sur toi. Les yeux fermés, tu écoutes sa respiration, qui ralentit, change de rythme, puis s'interrompt comme s'il s'apprêtait à te parler.

– On pourrait aller quelque part, déclare-t-il au bout d'un moment, d'une voix à peine plus forte qu'un murmure. Ce serait sans doute mieux pour toi de quitter Los Angeles.

– Comment ça ?

– On pourrait repartir de zéro. Peu importe ce qu'on a fait... qui nous étions... ou n'étions pas... ça n'aura aucune importance.

– Un nouveau départ ?

Tu te tournes sur le dos, contemples le plafond. Il admire ton profil, attend en souriant.

– Ouais, dit-il. Pendant quelque temps, peut-être. Ce sera plus sûr.

Tu le regardes, cherches sa main sous la couverture, l'attires près de ton cœur. Tu t'approches de lui, poses le front contre son torse. Tu fermes les paupières, rassurée par son souffle.

– Un nouveau départ...

32

Tu es étendue à terre. Tu sens les cailloux et les brindilles dans ton dos, une branche coincée sous ton épaule provoque une vive douleur. L'homme est penché au-dessus de toi. Il est blessé au menton, l'entaille saigne abondamment. Pour la première fois, tu vois ses yeux, petits et bleus, qu'il ferme fort lorsqu'il porte les mains à ton cou.

Ta gorge se bloque. Ses doigts se resserrent, tu agrippes ses poignets, mais c'est inutile. Tu griffes et tires pour te libérer, sans succès. Tous les muscles de ses bras sont apparents, ses veines sont saillantes. Il est à califourchon sur toi, des gouttes de son sang tombent sur ton front.

Tes paupières se ferment. Il ne reste plus d'air dans tes poumons. Ton corps est vide, une sensation d'étouffement et de supplice t'envahit lorsque tu ouvres la bouche pour prendre une inspiration, rien qu'une. Tu te sens céder, tes forces t'abandonnent.

Soudain, il te lâche et tu aspires de l'oxygène à grandes goulées. Ton visage est ensanglanté. Tu lèves les yeux et vois le garçon derrière lui, qui tient une branche épaisse taillée en pointe, à l'écorce noircie. L'homme est affalé sur tes jambes. L'arrière de son crâne saigne, et tu sens la chaleur du sang qui imbibe tes vêtements.

Tu te traînes en arrière, te libères de son emprise. En te levant, tu t'aperçois que ta cheville est enflée et luxée. Le garçon cale son épaule sous ton bras pour te soutenir, puis t'entraîne avec lui en courant. Il jette sans cesse des regards derrière lui.

– Il faut partir, déclare-t-il. Ils arrivent.

Alors que tu te détournes pour regarder dans la même direction que lui, tu entends le premier coup de feu.

Deux heures vingt-trois. Ton cœur bat très fort. La lumière du réverbère qui brille devant le motel filtre par les stores vénitiens. Ben dort à côté de toi, le bras toujours étendu, les doigts ouverts comme pour chercher les tiens. Tu t'assois en douceur au bord du lit, en t'efforçant de ne pas le réveiller.

L'homme était là, sur l'île. Tu avais déjà eu affaire à lui. En fermant les yeux, tu revis la panique qui t'a envahie lorsqu'il t'étranglait, tu sens encore l'air emprisonné dans ta poitrine. Tu revois la cicatrice sur son menton. Il t'a déjà prise en chasse.

Tu sors ton carnet du sac de voyage en toile posé par terre. Retenir son image dans ton esprit, après ce rêve si frais, te suffit à récolter les informations que tu veux. Tu tournes une page et notes :

- L'homme au pistolet a déjà essayé de me tuer
- Il m'a pourchassée dans la forêt (l'île ?)
- Le garçon était à mes côtés. Il m'a tirée des griffes du chasseur

Tu t'adosses à ton oreiller, relis ce que tu viens d'écrire, réfléchis à tout ce que ça implique. Cet homme t'a déjà traquée. Tous les trois, vous avez un passé commun. Tous les trois... ce qui signifie que *le garçon existe bel et bien*. Où est-il, maintenant ? Est-il encore en vie ?

Tu couches sur le papier une description détaillée de la cicatrice du chasseur, de l'angle particulier qu'elle forme en travers de son menton. Il est toujours à Los Angeles, où il attend ton retour, une nouvelle chance de t'avoir.

Tu pourrais prendre la fuite avec Ben, mais tu te demanderas en permanence s'il va retrouver ta trace. Lui vivant, qui qu'il soit et où qu'il soit, tu ne seras jamais en sécurité. Tu dois d'abord le trouver.

33

Le quartier apparaît au bout de la rue. Tu reconnais quelques maisons au croisement, une façade cachée derrière d'épais bougainvilliers, une autre pourvue d'une fenêtre en verre teinté. Sur l'autoroute, alors que les panneaux décomptaient les kilomètres qui vous séparaient encore de Los Angeles, tu plongeais sans cesse dans le silence, assaillie par le souvenir des événements récents. La femme qui t'a suivie. Le garage où tu as découvert le cadavre d'Ivan. L'homme au pistolet.

Tandis que Ben s'engage dans l'allée, son iPhone sonne, et l'écran sur le tableau de bord affiche : *Maman.*

– Aïe, il faut que je décroche.

Il se gare, attrape son téléphone, descend de voiture et file dans le jardin de devant.

– Bonjour, oui, je sais, désolé, dit-il immédiatement, d'une voix qui s'éloigne.

Tu prends le sac sur la banquette arrière et fais le tour de la maison, consciente que tu dois trouver Celia Alvarez pour la questionner. Aux informations, on n'a parlé ni du bâtiment de l'entreprise Parillo, ni du corps d'Ivan, ni de la femme abattue sous l'autoroute. Il te faut découvrir ce que l'agent de police sait, ce qu'elle a appris.

Il est possible qu'on ait déjà remplacé Ivan, que quelqu'un d'autre te piste, surveille tes déplacements. Comment le chasseur aurait-il pu te retrouver pendant ta promenade avec Izzy ? Rien sur toi ne permet de te localiser – tu as contrôlé toutes les poches de ton pantalon, les coutures de tes tee-shirts, les pages de ton carnet.

Tu vas chercher la clé de secours, et à peine entrée tu fonces à l'ordinateur de Ben pour consulter un plan. Lorsqu'il te rejoint enfin au sous-sol, tu es en train de noter les indications sur une serviette en papier.

– Tu te crois en 1995 ou quoi ? plaisante-t-il. Il faut qu'on te trouve un smartphone.

– Tout va bien ? Qu'est-ce qu'elle a dit ?

– Il faut que je lui rende visite, aujourd'hui. Elle a laissé un tas de messages pendant qu'on était à Cabazon, et j'imagine qu'elle flippe un peu. Un prof lui a téléphoné et lui a raconté que j'avais pas mal séché. Je dois juste aller la voir et lui montrer que tout va bien. Je reviens dès que possible… j'en ai seulement pour quelques heures.

– Ne t'inquiète pas. De mon côté, je vais aller voir la femme policier. Elle a forcément découvert quelque chose, depuis l'autre jour.

– T'es obligée ?

– Je ne peux pas rester sans rien faire en attendant qu'il me retrouve.

– Promets-moi que tu ne prendras pas de risques.

– Je ne prends jamais de risques… en tout cas, le moins possible.

Ben t'attire vers lui, puis te murmure des mots dans le cou, sans te regarder :

– Quand je rentrerai, on pourrait partir…

Tu tournes la tête vers lui et le fixes droit dans les yeux. La veille au soir, tu as supposé qu'il ne pensait pas vraiment ce qu'il disait, qu'il s'agissait d'un rêve que vous évoqueriez sans jamais le concrétiser.

– Ben… tu étais sérieux ? Tu ne peux pas tirer un trait sur ta vie comme ça.

– Quelle vie ? Qu'est-ce qui me retient, ici ?

– Le lycée. Tes amis.

Ben sort un flacon de comprimés de la table basse et le lève vers toi :

– Mes amis ? Je connais des mecs qui m'achètent de la drogue. Parfois, ils viennent ici pour fumer et mater un match des Dodgers. Parfois, je leur refourgue de vieux médicaments de ma mère.

– Ben…

Il te serre dans ses bras, pose le menton sur ta tête et embrasse tes cheveux. Ce geste d'une profonde tendresse et d'une grande simplicité te donne envie de pleurer.

– Je rentre dans l'après-midi. Réfléchis à ma proposition, d'accord ? Nous avons une voiture et de l'argent. Nous pouvons aller dans un endroit où ils ne te trouveront pas.

Tu fermes les yeux et imagines cette éventualité. Ben et toi sur une plage, sous un soleil éclatant, tes soucis derrière toi, réduits à l'état de souvenir lointain. Tu respires à fond, humes son odeur, presses ton visage plus fort contre sa chemise. Tu ne sais pas si c'est possible, s'il existe un lieu où tu seras hors de leur portée. Il n'y a qu'une seule façon de te tirer d'affaire, tu en es certaine, au plus profond de toi, mais tu ne peux pas le formuler à voix haute. Pas à Ben.

– D'accord, réponds-tu. Je vais y réfléchir.

34

Par la fenêtre ouverte, tu sens l'odeur suave d'un plat thaï à la sauce cacahuète. Tu observes Celia, qui se déplace dans sa cuisine ou y lit le magazine posé sur le comptoir, sa barquette en plastique dans une main. De temps à autre, elle plonge ses baguettes dans les nouilles plates et prend une petite bouchée.

Lorsque tu frappes à la porte de derrière, elle pose rapidement la main sur le pistolet à sa hanche, puis elle se rend compte que c'est toi.

– J'espérais que tu me trouverais, déclare-t-elle en t'ouvrant, avant de refermer à clé aussitôt que tu es entrée. Tu vas bien ?

– Pour l'instant, oui.

Elle te paraît différente, ici, dans cette maison modeste de style espagnol, à la véranda éclairée par une guirlande d'ampoules. Ses cheveux foncés encadrent son visage. Elle est vêtue d'un jean et d'un tee-shirt à col en V.

– Je me suis fait du souci pour toi, dit-elle.

– Je n'ai pas eu de problèmes...

Ce n'est pas tout à fait la vérité, mais ça n'a plus d'importance.

– Il faut que je sache : vous avez trouvé le corps ?

Celia va prendre une chemise cartonnée posée sur son égouttoir à vaisselle. Dedans, il y a un bloc-notes jaune noirci d'inscriptions griffonnées.

– Tu avais raison... il était là-bas. L'autopsie doit avoir lieu ce soir. Pour l'instant, on tente de cacher l'info aux médias. On ne sait pas trop comment exploiter ça.

– J'ai tout expliqué à vos collègues, moi ! Qu'est-ce qu'il leur faut de plus, comme preuve ? C'est Ivan. Je vous avais prévenus qu'ils l'avaient enlevé, et maintenant il est mort.

Celia pousse un profond soupir :

– Ça, je le sais, mais pas eux. Nous avons découvert qu'Ivan n'était pas son vrai prénom. Il s'appelait Alexeï Karamov, et n'avait aucun lien évident avec le crime. Même pas avec ces combats de chiens. À notre connaissance, personne n'avait jamais eu à se plaindre de lui.

– Alors c'est tout ? C'est une autre impasse ?

Il t'est impossible de réprimer la tension dans ta voix. Ce cadavre devait apporter la preuve que tu ne mentais pas.

Les pousser à te croire. Et maintenant? Quelles solutions s'offrent à toi?

Celia feuillette les pages, ses sourcils se froncent.

– Il faut que je te pose une question, annonce-t-elle, en regardant le bracelet de cuir que Ben t'a prêté. Je peux voir ton bras?

Ta gorge se serre.

– Pourquoi? Qu'est-ce qu'il y a, encore?

– Tu m'as dit que ces gens te chassent, c'est bien ça? Du coup j'ai consulté tous les dossiers des victimes non identifiées, exploré les affaires d'homicide non résolues dans tous les États-Unis. J'ai trouvé deux cas différents – le premier à Seattle, l'autre à New York. On a découvert deux cadavres à la main droite sectionnée au niveau du poignet. C'étaient des jeunes, à peu près du même âge que toi.

– Des jeunes...

– Oui. Et tous les deux avaient un casier judiciaire. Certains avancent que ce serait lié à des gangs, d'autres qu'on serait confrontés à un tueur en série, mais après ce que tu m'as expliqué, je pense que ce n'est pas le cas.

Tu retires ton bracelet et montres à Celia l'oiseau tatoué sur la face interne de ton poignet. Tandis qu'elle passe les doigts dessus et l'examine, tu es incapable de prononcer un mot, tu parviens à peine à respirer.

Elle lève son téléphone:

– Je peux le photographier?

Tu acquiesces de la tête. Elle prend quelques clichés, zoome sur la série de lettres et de chiffres. Tu imaginais qu'il s'agissait peut-être de tes initiales, de ta date de naissance. Tu imaginais que c'était peut-être une inscription que tu avais choisie toi-même, un symbole dont tu ne comprenais pas encore la signification. Mais au fond de toi, tu connaissais la vérité. Ce n'est qu'un marquage... ça n'a jamais rien été d'autre. Une façon pour eux de t'identifier.

Tu n'es personne. Cette pensée s'impose de nouveau à toi, refuse de te lâcher. *Tu n'es personne.*

Celia le lit sans doute sur ton visage, car elle pose la main sur ton bras et t'attire vers elle.

– Nous allons trouver une solution, affirme-t-elle. Je te le promets. Ce sera bientôt terminé.

Tu aimerais bien la croire. Tu fais un pas en arrière en pressant tes yeux avec le pouce et l'index ; de petites taches sombres apparaissent derrière tes paupières.

– Si je suis venue vous voir, c'est parce que j'ai besoin de savoir qui ils sont.

– Ceux qui s'en sont pris à toi ?

– Exactement... vous avez trouvé quelque chose ? Il y a bien une trace quelque part de la femme qui me traquait. Comment peut-on mourir en plein cœur de Los Angeles sans que personne s'en préoccupe ? C'est impossible.

Pour la première fois, Celia a l'air fatiguée :

– Je sais, et j'ai cherché partout. J'ai exploré tous les avis de décès et les rapports d'homicide, mais...

– Et les avis de recherche ? Un de ses proches ignore peut-être dans quoi elle était impliquée. Il se peut qu'on ait signalé sa disparition.

Celia écrit quelques mots sur son bloc-notes :

– Je vais vérifier. Je te tiendrai au courant.

Dans le placard au-dessus de son réfrigérateur, elle attrape un sac en papier.

– C'est le mieux que j'ai pu te trouver, pour l'instant, déclare-t-elle en te le remettant.

Tu l'ouvres. Dedans, il y a une autre bombe lacrymogène, un couteau à cran d'arrêt et un petit téléphone chromé. Tu le sors et le retournes dans ta main.

– On ne peut pas l'identifier, explique-t-elle. Le forfait est valable trente jours... tu peux appeler, envoyer des SMS, ce que tu veux. Garde-le sur toi. Dès que j'ai du nouveau, je te préviens.

– Merci.

Celia prend ses clés sur le comptoir :

– Où est-ce que je te dépose ?

Ton premier réflexe est de refuser sa proposition, de répondre que tu te débrouilleras, qu'elle t'a déjà assez aidée. Mais même en plein jour, tu te sens mal à l'aise, comme si tu n'en avais plus pour très longtemps.

– À l'arrêt de bus, ça suffira. Je repars vers l'est.

35

Chez Ben, les lumières sont éteintes. Il n'est pas encore rentré. À l'intérieur, seule dans le calme absolu, tu ne sais pas quoi faire. Tu peux prendre une douche. Tu peux ranger tes maigres possessions dans un sac, te préparer à partir avec Ben, en espérant que les autres ne te retrouveront pas là où vous irez. As-tu vraiment le choix ?

Tu sors par la porte du jardin et approches du bungalow. Un post-it rose est collé à la fenêtre. Il y est écrit en lettres rondes : *C koi ton délire ? – Iz*

Izzy. Tu fermes les yeux et tu l'imagines lors de votre sortie, sa moue stupéfaite lorsque tu t'es enfuie sans la prévenir, l'autre jour. Que pense-t-elle de toi, maintenant? Ça ne devrait pas t'inquiéter, car elle va rentrer à New York, mais tu te sens quand même coupable, comme si tu devais te racheter.

Tu prends la clé que Ben t'a remise et passes sur la pelouse d'à côté. Quand tu atteins la véranda, tu frappes et écoutes la musique qui flotte derrière la porte. C'est Mims qui vient ouvrir. Ses yeux d'un bleu cristallin donnent l'impression que son regard te transperce. L'air détendue, elle sourit de façon machinale :

– Tu es Sunny, c'est ça ? Isa m'a parlé de toi.

Elle pose la main sur ton épaule et t'invite à entrer.

La maison est très lumineuse. Dans un angle, une chaîne hi-fi diffuse un morceau lent que tu ne reconnais pas. Des quartiers de pomme et de betterave sont éparpillés sur une planche à découper. Mims en jette une poignée dans un mixeur.

– Je passais juste la saluer...

– Tu es une amie de Ben, c'est ça ? C'est bien qu'Isa connaisse du monde quand elle séjourne ici.

– Ouais.

Tu t'efforces de sourire, en te demandant où tu seras la prochaine fois qu'elle viendra à Los Angeles. Seras-tu encore dans les parages ? Seras-tu encore en vie ?

– Elle est là ?

– Dans sa chambre.

Mims pointe du doigt un couloir qui part du salon. Sa maison est plus petite que celle de Ben, la décoration plus chargée. Une table basse est entourée d'oreillers et de coussins bariolés qui permettent de s'installer par terre. Dans un coin de la pièce, un petit autel accueille des statues. Éléphants et bouddhas se serrent sur une bibliothèque et sur le rebord de la fenêtre.

Dans le couloir, tu identifies la porte d'Izzy grâce à l'odeur, mélange de tabac et d'encens. Tu ne prends pas la peine de frapper.

– Hé oh ! Ça va pas ?

Elle écrase une cigarette dans un cendrier.

– D'où tu sors ?

– Désolée pour l'autre jour.

Izzy chasse ses cheveux noirs de son visage, les noue en hauteur, ce qui révèle le côté rasé. Elle s'assoit en tailleur et se contente de t'observer, d'un regard fixe et froid.

– Encore heureux que tu es désolée ! Tu t'es barrée sans me prévenir.

– J'ai eu un coup de panique.

– À cause de quoi ? s'esclaffe Izzy. C'était chelou, et les trucs chelous, en général, ça me plaît. Mais là, c'était quand même trop pour moi.

Izzy ne semble pas à sa place, ici, dans cette chambre d'amis, sur un simple couvre-lit blanc au bout duquel on a jeté une courtepointe bleu-vert. Les murs sont nus. Ses vêtements et ses affaires sont entassés sur un fauteuil et à même le sol.

– Je voulais juste te dire au revoir.

Sans te quitter des yeux, elle tapote le bord du lit pour que tu viennes à côté d'elle.

– Tu ménages le suspense, là, pas vrai ? Ça fait que quelques jours qu'on se connaît, mais je suis pas complètement débile. Je sais qu'il se passe quelque chose.

– Je ne peux rien te raconter, Izzy.

– Je comprends. Mais avant de partir, il faut que tu saches un truc...

Elle marque une pause.

– Je t'ai vue.

Tout d'abord, tu penses à la photo de vidéosurveillance diffusée par le JT, puis tu es troublée. Le visage d'Izzy ne révèle pas grand-chose. Elle pince l'extrémité de son piercing, qu'elle fait tourner entre ses doigts.

– De quoi tu parles ?

– L'autre jour, sur le bord de la piscine, je t'ai vue. Tu voulais me chourer mon portefeuille.

Tu prends une inspiration, mais tu manques d'air. Tu donnerais tout pour pouvoir disparaître, fermer les yeux et t'évaporer, loin de cette chambre, loin du regard insistant d'Izzy.

Tu te détournes :

– Je ne sais pas quoi te répondre.

– Je te dis pas ça pour t'humilier. C'est juste que tu n'as pas l'air du genre à voler à moins d'y être vraiment obligée.

Izzy ouvre le tiroir de la table de chevet, sort quelques billets de son portefeuille et te les tend :

– Tiens, c'est tout ce que j'ai. Prends-les.

– Izzy... s'il te plaît, range ça.

Tu es tellement gênée que tu as même du mal à la regarder. Tu scrutes le sol, les vêtements froissés qui y sont éparpillés – tout sauf elle. Tu as l'impression de te ratatiner sur toi-même.

– Je t'assure, c'est pas un problème. Tu en as besoin, alors prends-les.

Tu éprouves une vive sensation de chaleur dans tout le corps, la pièce te semble soudain étouffante. Plus que jamais, tu as envie de partir sur-le-champ, de fuir, de ne jamais revenir. Alors que tu contemples tes chaussures, un signal sonore grave retentit.

– Qu'est-ce que c'est ? demandes-tu.

– C'est pas le mien, répond Izzy en pointant l'index vers ta poche.

Tu palpes ta hanche et te rappelles le téléphone que Celia t'a fourni. Tu viens de recevoir un MMS.

Pas de personne disparue correspondant à nos dates, mais obtenu signalement d'une voiture abandonnée dans parking Riverside pendant des jours. Carte grise au nom d'une femme d'une petite quarantaine d'années. Mari dit qu'elle est en voyage d'affaires, est venu chercher le véhicule, mais je trouve ça bizarre. Voici une photo de la proprio – Hilary Goss. Est-ce la femme qui s'en est prise à toi ?

Tu fais défiler le message pour afficher la photo d'une brune aux yeux marron. Son visage est aussi net que ce jour-là dans la ruelle. Elle est maquillée, le médaillon d'argent pend à son cou. Tu la reconnaîtrais entre mille.

Izzy continue à te fixer :

– Depuis quand t'as un portable ?

– J'ai besoin d'un ordinateur...

Tu te lèves, fouilles dans le tas de vêtements qui encombre le fauteuil, à la recherche de son PC portable.

Elle le sort de la table de chevet et te le remet.

– Pourquoi ?

Tu l'ouvres, tapes le nom qu'indique Celia dans son MMS. *Hilary Goss.* Les mains tremblantes, tu ajoutes *Los Angeles.*

– Oh, qu'est-ce qui se passe ? Tu me fais flipper, là.

Tu descends plus bas dans la page, et pendant un moment, tes poumons sont comme comprimés, tu n'as jamais ressenti une telle pression dans ta poitrine. Il y a un article du *Los Angeles Times* sur une vente aux enchères caritative. Tu relis deux fois la légende, sans en croire tes yeux. *Hilary et Henry Goss organisent des enchères caritatives, chez eux à Los Feliz.* On les voit devant leur maison, elle en robe d'été, lui en cravate et chemise impeccable. Ils sourient. Tu es incapable de détacher le regard du mari. Il a les mêmes yeux. Le même visage blafard, taillé à la serpe. La même cicatrice incurvée sur le menton.

Henry Goss est l'homme qui te traque.

Dans l'article, on mentionne le nom de leur rue. En quelques instants, tu as établi l'itinéraire pour y aller. Au maximum, leur maison se trouve à trois kilomètres d'ici. Tu devrais réussir à la reconnaître grâce à la photo.

– Je suis désolée, il faut que je parte.

Tu rends l'ordinateur à Izzy, en tâchant de maîtriser le tremblement de tes mains. Tu te diriges vers la porte, et Izzy t'emboîte le pas.

– Comment ça ? Qu'est-ce qui ne va pas ?

Tu regagnes le salon en vitesse et vas à la porte.

– Rien du tout, réponds-tu, même si c'est un mensonge éhonté.

Tu l'entends qui s'arrête au bout du couloir, les yeux rivés sur ton dos comme si cela pouvait te forcer à te retourner. Tu continues, et le battant claque derrière toi.

36

La propriété est entourée d'une haute grille métallique. Une caméra de surveillance filme l'allée. Tu longes l'enceinte et atteins un citronnier dont les branches entrecroisées s'avancent par-dessus la clôture.

Tu escalades le tronc jusqu'à la voûte de feuillage. La cour est vide, et il n'y a pas de caméra de ce côté de la maison. Tu prends appui sur le sommet de la grille et sautes. Lorsque tu atterris quatre mètres plus bas, une décharge de douleur se propage dans ta cheville.

À cause du soleil qui se reflète sur les vitres, il t'est impossible de voir si les lumières sont allumées, s'il y a quelqu'un à l'intérieur. La demeure est une villa espagnole imposante, aux murs de stuc rugueux et au toit de terre cuite rouge. Tu fais le tour par-derrière, où l'eau d'une cascade artificielle s'écoule sur des rochers et se jette dans un bassin. Tu poses la main sur le couteau caché dans ta poche.

Les baies vitrées sont verrouillées. Tu plaques le visage contre le verre et vois que la cuisine est vide. Les plans de travail sont propres. Rien n'encombre la table. Sur un côté de la maison, il y a une autre porte, dont la moitié supérieure est vitrée. Les carreaux ne mesurent que quinze centimètres sur dix, et l'un d'eux est juste à côté de la poignée. Dans un jardin à quelques mètres de là, tu ramasses un caillou que tu lances contre le verre peu épais. Il se brise facilement, tu peux passer la main à l'intérieur et tourner le verrou.

Aucune alarme ne se déclenche – du moins tu n'en entends pas. Tu ne disposes que de dix minutes pour agir, voire moins, aussi n'as-tu pas un instant à perdre. La maison est silencieuse. À droite de la cuisine se trouve un vaste salon. Il y a un canapé de cuir, des fauteuils, une peau de zèbre. Au-dessus de la cheminée, on a accroché un trophée, la tête d'un fauve tacheté. Tu t'en approches et l'examines. Il te faut la toucher pour être certaine que c'est une vraie. Depuis combien de temps chassent-ils ? Où ? Quand tuer des animaux a-t-il cessé de leur suffire ?

Les murs de l'escalier sont couverts de récompenses encadrées. Il y a plusieurs diplômes – école de commerce et fac de droit, distinctions professionnelles. Tu montes et atteins un vestibule à l'étage. Au bout d'un long couloir, dans une vitrine, on a entreposé des armes à feu de différents calibres – des fusils, des pistolets comme celui que la femme, Hilary Goss, portait sur elle le jour où elle t'a attaquée.

Tu passes devant deux chambres. Dans chacune d'elles, les commodes sont vides. Les lits sont faits, il n'y a rien dans les placards, hormis quelques vieilles valises. Ensuite, tu entres dans un bureau qui donne sur le jardin de devant. Des documents sont empilés sur la table de travail. Tu les feuillettes, cherches quelque chose qui pourrait t'en apprendre davantage sur le jeu.

Tu trouves des factures et des contrats, qui pour la plupart concernent les affaires d'Hilary Goss. Apparemment, elle travaillait dans la finance. Sur des papiers à en-tête d'une société nommée Robertson Arthur figurent les détails d'une fusion récente. Tout le reste est du même tonneau. Les classeurs métalliques sont tous fermés à clé. Sur le rebord de la fenêtre repose un trophée de verre daté de moins de deux semaines. *Hilary Goss, collaboratrice d'exception*, y est-il inscrit.

Tu entres dans la suite parentale. Là, tu ouvres les tiroirs de la commode, les renverses par terre, fourrages dans les chemises et les chaussettes. Il n'y a rien d'autre que des vêtements. Tu t'attaques aux placards, où tu écartes les cintres l'un après l'autre. Tu explores des piles de chandails, passes la main sous les étagères, fais glisser tes doigts sur les bords pour vérifier si rien ne t'a échappé.

Lors d'un second passage sur une planche en hauteur, ta main s'arrête sur un pantalon. Plié en un carré impeccable, il ne bouge pas. Tu le pousses et tires dessus sans réussir à le décrocher. Lorsque tu le soulèves, un levier se libère.

Le pantalon dissimule un compartiment secret.

Tu prends un fauteuil dans un coin et le places près du placard. Juchée dessus, tu constates que l'étagère est creuse. Le pantalon est accroché à une fine plaque de bois amovible. Lorsque tu la fais coulisser sur le côté, tu trouves une enveloppe jaune cachée dessous.

Après t'être assise par terre, tu la manipules aussi délicatement que si elle était en verre. Elle contient un dossier orné d'un autre logo, *A&A Enterprises*, et des photos brillantes que tu répands au sol. Ce sont des clichés de toi. Sur le premier, on ne voit que ton visage ; tes cheveux sont tirés en arrière, ta lèvre supérieure est enflée et ensanglantée. Tu regardes droit vers l'objectif, mais tu ne te rappelles pas quand il a été pris, ni où. Les deux suivants sont des gros plans de tes cicatrices – celle sur ton cou, et une autre en forme de croissant de lune près de ta cheville gauche. Le troisième montre le tatouage à ton poignet. Tous portent la légende *Blackbird* et sont marqués du logo d'A&A Enterprises.

Un texte est imprimé au verso du premier :

Blackbird: cible de Los Angeles

Blackbird est l'une de nos cibles les plus retorses. Elle a survécu aux quinze jours sur l'île, où elle a noué une alliance avec une autre cible et blessé deux chasseurs. Elle est intelligente et rusée. Extrêmement rapide, elle a réussi à semer tous ses poursuivants. Points forts: suivre une piste, se battre au couteau, désarmer un adversaire.

Tu parcours le dossier, en espérant y trouver d'autres informations sur ton passé. Il n'y a rien. On n'explique pas qui tu étais avant ni d'où tu viens. Où est cette île ? Est-ce que ton « alliance avec une autre cible » fait référence au garçon qui t'a sauvée ?

Le dossier regorge de documents. Tu n'as pas le temps de tout lire. Tu survoles les pages, remarques un contrat qui lie Hilary Goss, Henry Goss et la société. Mais c'est la lettre insérée derrière qui te donne la chair de poule. Le papier porte l'en-tête d'A&A Enterprises. Adressée à Henry seulement, elle est datée de moins d'une semaine.

Étant donné la nature du décès de votre femme et votre passif avec la cible sur l'île, votre requête est accordée. Nous vous attribuons de nouveau Blackbird. D'après son Observateur, elle est en excellente forme physique et mentale. Votre chasse reprendra le 21 septembre à minuit. Attendez d'être contacté par votre Assesseur, qui vous fournira les renseignements nécessaires concernant la position de la cible.

Ton estomac se noue, tes mains sont exsangues et froides. Ivan était l'Assesseur, c'est lui qui surveillait tes déplacements et leur indiquait où tu étais. Tu étais la cible d'Hilary, mais à sa mort, on t'a réaffectée à son mari – il en a fait la demande expresse. Mais qui est l'Observateur ? L'homme à la casquette noire à qui Ivan rendait compte ? Comment le chasseur t'a-t-il retrouvée la deuxième fois, quand tu te promenais avec Izzy ? Tu penses à tous ceux que vous avez croisés en chemin, à l'homme qui distribuait des tests de stress gratuits, puis tu as un déclic – la fille postée devant le magasin de diététique a offert un bon-cadeau à Izzy. Ce bon est resté dans son sweat-shirt pendant votre sortie. C'est de cette manière qu'ils ont dû te pister.

Tu interromps ta réflexion lorsque tu entends du bruit au rez-de-chaussée. Tu regardes autour de toi, soudain consciente que la chambre est dotée de nombreuses fenêtres. Il y a une porte ouverte juste derrière toi, une salle de bains à ta gauche. Tu enroules les documents et les glisses dans ta poche arrière. Puis tu saisis ton couteau.

37

Alors que tu t'engages dans le couloir, tu reconnais une voix familière.

– C'est quoi, ton problème ?

En haut de l'escalier, Izzy examine les lieux, observe les tiroirs retournés et les vêtements éparpillés dans la suite parentale.

– C'était ça, ton urgence ? C'est ça qui ne pouvait pas attendre ? Tu devais absolument cambrioler ces gens ?

– Izzy, il faut qu'on se tire d'ici.

– Ouais, tu m'étonnes. C'est ça ton truc ? Tu saccages des maisons ?

À peine a-t-elle fini sa phrase que tu entends le grincement métallique de la grille. Tu pivotes vers le bureau et regardes dans l'allée. La voiture d'Henry Goss, la BMW noire qui te filait, s'arrête juste devant la porte d'entrée. Tu attrapes Izzy par le bras et l'entraînes vers l'escalier.

– Tais-toi et suis-moi, ordonnes-tu. Pas un bruit.

– Qu'est-ce qui se passe ?

Tu sens son bras crispé sous tes doigts. Tu te retournes, jettes un coup d'œil dehors, mais il n'y a personne dans la voiture. La clé tourne dans la serrure, la porte s'ouvre.

– Il est là.

– Tu connais les proprios ? chuchote Izzy.

Il n'y a pas une seconde à perdre. Tu repousses doucement Izzy dans un placard et presses l'index contre tes lèvres, puis tu fermes le battant. À peine as-tu fait quelques pas qu'il apparaît au bas des marches. Il relève la jambe de son pantalon et sort un petit pistolet d'un étui sanglé à son mollet. Pourtant, il ne te vise pas. Il ne gravit pas l'escalier quatre à quatre. Il se contente de sourire, comme s'il s'attendait à te retrouver là.

– Je t'ai manqué ? demande-t-il.

Il monte lentement. Tu songes à Izzy, juste derrière toi. Tu ne peux pas l'abandonner ici. Consciente que tu devras attirer Henry ailleurs, tu restes entre le placard et lui.

– Je me rappelle ce que vous avez fait sur l'île, grognes-tu, sans cesser de penser au couteau à ta hanche.

Henry n'est pas assez près pour que tu puisses t'en servir.

– Vous aviez une entaille au menton. Vous avez essayé de m'étrangler. Je me souviens de vous.

– J'ai entendu dire que certains d'entre vous retrouvaient la mémoire. J'y ai vu un encouragement à tuer plus vite, avant que ça crée des complications.

– Allez-y, alors. Si vous voulez me tuer, pourquoi attendre ?

– Parce que c'est chaque fois le moment le plus triste. La fin. Parce que tout ce qu'il y a avant, l'attente... c'est terminé. On en tire une satisfaction, bien sûr, mais l'intérêt réside dans la traque.

Il atteint le sommet des marches, s'appuie sur la rambarde d'un air désinvolte, à quelques mètres de toi seulement. Son pistolet est pointé vers ton cœur.

– Alors comme ça tu te souviens de l'île ? Je t'ai pistée pendant cinq jours, là-bas. Tout le monde me soutenait qu'il était impossible de t'attraper, mais moi je savais que je te tenais presque. J'étais à deux doigts, je le sentais. J'avais trouvé où tu te terrais avec ce garçon, votre petite tanière. Je n'étais toujours qu'à quelques heures derrière vous.

– Le garçon ?

Goss rit.

– Tu ne l'as pas amené ici, quand même ? Vous travailliez en tandem, à l'époque. D'après Cal, c'est pour cette unique raison que tu as survécu.

Il avance encore de deux pas. Tu recules doucement, en lui cachant ton côté droit. Tu poses discrètement la main sur le manche de ton couteau.

– Je m'en suis encore tirée, depuis. Deux fois.

– Ici, c'est plus difficile de tuer, tu le sais. Les risques d'être surpris par des témoins sont très grands. Mais sur l'île, on se sentait... tout-puissants. C'était la liberté absolue.

J'ai suivi ta piste jusqu'à la pointe nord. Tu étais plus bas, sur des rochers, en train de dormir... c'est là que je t'ai débusquée. J'ai hésité : « Est-ce que je la tue dans son sommeil ? Ou est-ce que j'attends qu'elle m'ait vu, afin qu'elle connaisse la peur, qu'elle meure en comprenant ce qui lui arrive ? » J'ai tiré un coup de feu sur les rochers pour te réveiller, mais c'était une erreur. Au deuxième tir, tu t'étais déjà relevée et tu plongeais du haut de la falaise.

Il est tout près, maintenant. Son pistolet est toujours braqué sur toi. Trois pas te suffiraient pour l'atteindre. Alors que tu cherches à évaluer à quelle vitesse tu peux frapper, avec quelle efficacité, un bruit sourd retentit dans le placard. Les yeux de Goss se tournent aussitôt vers la porte.

Sans la moindre hésitation, il lève son arme et tire au centre du panneau. Tu entends Izzy pousser un cri grave et étouffé, et quelque chose se brise en toi. Tu t'élances vers Goss et plantes ton couteau dans son abdomen.

Il recule d'un mouvement brusque, perd l'équilibre, vacille dans l'escalier. Une de ses jambes cède, et il glisse sur le flanc. Au tournant des marches, sa tête percute le mur.

Tu ouvres le placard. Izzy est recroquevillée au fond, une main plaquée sur le ventre, les doigts couverts de sang. Sous ses côtes, son sweat-shirt est percé d'un petit trou.

Tu cales ton épaule sous son bras et l'aides à se mettre debout. À l'autre extrémité du couloir, il y a un escalier étroit, vers lequel tu te diriges. Plus bas, Goss se redresse en émettant des murmures stupéfaits.

– Il faut que tu essaies de marcher, dis-tu à Izzy. Je sais que c'est dur, mais essaie.

Vous descendez tant bien que mal et sortez par l'arrière. Le jardin vous permet de vous abriter. Vous allez vers une grille un peu plus bas, qui donne sur une colline.

Derrière vous, une porte s'ouvre. Il s'est relevé, il vous suit. Tu prends Izzy sur ton dos, elle qui pèse bien quarante-cinq kilos, et tandis que tu fonces le plus vite possible, tu sens les documents qui tombent de ta poche. Tu n'as pas le temps de les ramasser. Tu pousses la grille et quittes la propriété. Derrière toi, Goss fait le tour de la maison en courant, essaie de deviner où tu es passée.

– On ne s'en sortira jamais, gémit Izzy.

Elle soulève son tee-shirt, examine sa blessure, appuie dessus comme pour vérifier si elle est réelle. Tu aurais préféré que ce soit toi. Ça aurait dû être toi.

Tu parviens à un sentier qui mène au bas de la colline. Il est si abrupt que tu dérapes sans arrêt. Derrière le domaine, l'enceinte est bordée d'eucalyptus tortueux. Tu n'entends plus Goss. Est-il parti par l'autre côté ?

Dès que vous avez dépassé l'angle du mur, que vous êtes hors de vue, tu poses doucement Izzy. Elle s'adosse contre un arbre, la main toujours plaquée sur sa plaie.

Ses cheveux collent à sa peau. Son visage est marqué par l'inquiétude, son souffle est rauque. Tu sais qu'elle pourrait mourir là. Elle mourra là à coup sûr si tu n'agis pas.

– Ça va aller, la rassures-tu. C'est moi qu'il veut, pas toi. Je pars chercher des secours. Continue à appuyer. Ne bouge pas, reste éveillée.

La main posée sur la sienne, tu exerces une pression. Une tache rouge s'étend sous tes doigts. Le tissu est imbibé.

– Je vais chercher des secours, répètes-tu. Je te le promets.

Elle acquiesce d'un faible hochement de tête avant de fermer les yeux.

Tu repars en courant, dévales la colline raide le plus vite possible. Les muscles de tes jambes te brûlent, mais tu poursuis en zigzags jusqu'à la route. Tu ne t'arrêtes pas. Soudain, il apparaît cent mètres plus loin, au bout d'une allée. Il t'attendait.

38

Alors qu'il est sur le point de tirer, tu tournes brusquement à gauche et fonces à travers un jardin voisin. Au bout, tu sautes par-dessus un muret de pierre, mais de l'autre côté tes baskets dérapent sur le chemin de terre. Tu agrippes des broussailles et du lierre pour tenter de garder l'équilibre, sans succès. Tu tombes, glisses et patines sur la pente, tes jambes râpent contre la roche. Tu réussis à te rattraper aux racines d'un arbre mort. Tu restes là, immobile, et regardes en arrière. Derrière le mur, plus haut, tu n'aperçois personne.

Il ne t'a pas suivie.

Tu termines la descente en t'accrochant à des branches et à des plantes rampantes, en calant tes pieds dans les anfractuosités et les saillies rocheuses. Quand tu arrives en bas, la rue est déserte. Pas une voiture n'y est garée. Chaque maison est cachée derrière un immense portail, si loin en retrait qu'on ne les voit même pas.

Tu sors de ta poche le téléphone que Celia t'a remis, pleine de reconnaissance pour ce cadeau, pour son aide. Dès que ça décroche, tes mots se déversent d'un seul souffle :

– On a tiré sur ma copine. Elle est au 2187 Glendower Avenue, derrière la maison, près du mur du jardin. Elle saigne beaucoup... elle a besoin d'aide, tout de suite !

Tu n'as pas le temps d'attendre la réponse. Une fois certaine que le message est passé, tu raccroches et poursuis ta course. La maison de Ben se trouve plusieurs kilomètres à l'est, et tu sais que tu pourras semer Goss dès que tu seras dans un endroit plus fréquenté, où il ne pourra pas tirer sans être vu. Il faut seulement que tu atteignes le boulevard situé un peu plus bas, à deux rues de là.

Tu continues de courir au bord de la chaussée. Quelques instants plus tard, tu l'entends derrière toi. Tu jettes un coup d'œil en arrière et le vois qui court, lui aussi. Il a mis une casquette et des lunettes de soleil. Alors que tu traverses à toutes jambes pour essayer de l'éviter, il vise.

Tu sprintes le long du trottoir, puis te demandes ce qui se passe lorsque, au bout de quelques secondes, il n'a toujours pas fait feu. Puis tu perçois un bruit de moteur. Tu te détournes. Un minibus de tourisme rouge s'est rangé devant un portail.

Sur le côté du véhicule l'inscription *Stargazer Tours* est imprimée en lettres majuscules. Un homme qui arpente l'allée centrale muni d'un micro montre du doigt une maison au-delà de la grille. Il prononce le nom d'un acteur de films d'action, puis ajoute quelque chose qui fait rire les touristes. Derrière lui, Goss s'est arrêté près d'une boîte aux lettres. Il cache son pistolet. Puis il avance vers toi lentement, méthodiquement. Le minibus ne bouge pas.

C'est le moment ou jamais. Pendant que les touristes ont le dos tourné et contemplent la demeure, tu repars en courant, sans te retourner. Tu fonces jusqu'au bout de la route sinueuse et débouches sur le boulevard que tu visais, où s'écoule le flot turbulent de la circulation.

*

Lorsque tu arrives chez Ben, il n'est pas là. Tu voudrais l'attendre, lui fournir des explications, mais tu n'en as pas le temps.

Tu fouilles dans ses tiroirs, à la recherche d'un chéquier, d'argent, de tout ce qui pourrait te servir. Tu empoches deux cartes bancaires, qui devraient te suffire à payer un taxi ou un billet de train pour quitter Los Angeles. Tu songes à la photo, à la légende *Blackbird : cible de Los Angeles.* Il existe donc d'autres cibles dans d'autres villes, des parties de chasse organisées dans tous les États-Unis, peut-être dans le monde entier. Ces cibles, où sont-elles en ce moment ? Certaines se souviennent-elles de ce qui leur est arrivé, savent-elles à quoi elles sont confrontées ?

Le jeu est élaboré, le réseau immense – c'est une évidence, à présent. Goss n'est qu'un chasseur parmi d'autres. Tu dois t'enfuir, rester en vie assez longtemps pour réfléchir à ta prochaine action.

Il y a quelques dollars au fond du tiroir. Tu les prends, ainsi qu'un bocal rempli de petite monnaie posé à côté du canapé. Alors que tu le cales sous ton bras, tu es saisie d'un mal de cœur. Tu imagines Ben qui rentre, se rend compte que tu l'as volé.

En approchant de la porte de derrière, tu vois son ordinateur sur la table de la cuisine. T'en aller sans prévenir, ne pas lui dire au revoir... cette idée t'est insupportable. Tu ouvres le portable afin de lui laisser un petit mot.

En survolant l'écran pour trouver un fichier sur lequel lui écrire, tu repères un dossier nommé *AAE* dans un coin du bureau.

AAE.

A&A Enterprises.

Tu l'ouvres. Il contient des centaines de documents. Tu les parcours et découvres une photo de toi – la même que chez Goss. Dessus, tu as l'air d'avoir déjà un pied dans la tombe.

La pièce te semble plus petite, comme si les murs se refermaient sur toi. Tu as toutes les difficultés du monde à respirer. Tu songes à la chemise cartonnée.

L'Observateur.

Ben est au courant de tout depuis le début. Il travaille pour ceux qui te pourchassent. Ceux qui essaient de te tuer.

Ton Observateur, c'est lui.

Tu ne sais pas exactement depuis combien de temps tu attends là, immobile, lorsque la clé tourne dans la serrure. La porte s'ouvre. Puis Ben entre, tout sourire :

– Salut, beauté.

39

– J'ai bien fait de rendre visite à ma mère, déclare Ben en déposant ses clés sur le meuble de l'entrée. Elle était inquiète que je n'aie pas répondu au téléphone, et contrariée par cette histoire de lycée. Je lui ai promis que j'allais bien. J'y retournerai dans trois semaines, quand elle sortira. En attendant... je suis tout à toi.

Il te prend par les épaules et les malaxe affectueusement, mais tu restes froide comme la glace. Tu songes seulement à ses mains, qui sont très près de ta gorge, et à la distance qui te sépare de la porte.

Il se penche vers toi :

– Qu'est-ce qui ne va pas ? Tout va s'arranger, je t'assure. Nous pouvons nous mettre en route tout de suite, donne-moi juste quelques minutes.

Tu te lèves, te libères de son étreinte.

– Faut que je pense à un milliard de trucs, c'est tout, dis-tu. Je vais chercher mon sac dans le bungalow.

Tu t'éloignes sans le regarder. Tu en es incapable. Au lieu de cela, tu vas vers la porte. Tu es presque sortie de la cuisine, presque dans le couloir.

– Qu'est-ce que ça fait là, ça ? demande-t-il en prenant le bocal de petite monnaie sous la table. Tu voulais partir avec ? Qu'est-ce qui se passe ?

Tu t'arrêtes dans l'encadrement, hésites à t'expliquer. Il scrute ton visage. Puis, comme s'il venait de saisir, il jette un coup d'œil à l'ordinateur et relève l'écran. Ta photo est toujours là, affichée sur le bureau. Ton image le fixe du regard.

Tu fonces vers la porte de derrière, mais il s'élance déjà derrière toi :

– Ce n'est pas ce que tu crois. S'il te plaît, écoute-moi !

Tu sors, mais il plaque la main sur le chambranle pour empêcher la porte de se fermer. Tu la pousses pour écraser ses doigts. Tu donnes encore plusieurs coups dedans, grimaçant chaque fois que tu sens le bois les heurter. Au bout d'un moment, il lâche prise. Tu sautes par-dessus la clôture pour fuir par un autre jardin. Tu cours, te faufiles dans une parcelle boisée, et ne t'arrêtes pas avant d'avoir regagné la rue.

40

Dès qu'elle franchit la grille, elle entame sa routine. Elle promène le regard sur les jardins, observe les frangipaniers pour voir s'ils ont beaucoup poussé. Il lui faudra se mettre à la fenêtre pour tailler les branches. L'année précédente, ils ont remplacé la pelouse de devant par du gravier pour qu'elle n'ait plus à s'en soucier en leur absence. Hormis les feuilles qui se sont accumulées devant l'entrée, tout a l'air en ordre. Personne n'a tenté de pénétrer par effraction.

Elle a supplié son mari d'engager quelqu'un pour surveiller la propriété pendant qu'ils sont aux États-Unis, mais Michael a toujours refusé. « C'est une île privée, ici. Ce n'est même pas accessible par bateau. À quoi bon ? » Il n'écoute jamais ses arguments lorsqu'elle lui rappelle ce qui s'est produit trois ans plus tôt, quand elle avait trouvé la grille forcée et découvert un couteau abandonné sur le pas de la porte. Michael participait alors à une partie de chasse avec des amis, dans le sud de l'île. Il n'avait rien remarqué de suspect, avait souligné qu'il était presque impossible d'approcher de la maison par le rivage nord. La propriété est protégée par un mur, juchée sur une falaise rocheuse. Mais elle, elle n'a pas oublié cet épisode. Elle se demande toujours si ça pouvait être l'acte d'un des chasseurs.

Il y a eu d'autres éléments troublants, entre-temps...

L'arbre au tronc taché de sang qu'elle a vu en se promenant, l'année passée. Elle a alors trouvé à la forêt une odeur différente, une étrange puanteur écœurante qui lui parvenait quand le vent tournait. Autrefois, elle passait le plus clair de son temps dans les bois, au-delà de l'enceinte, flânait sur les chemins de pierre que les propriétaires précédents avaient tracés, cueillait les orchidées noires qui poussaient au bord. Elle n'y va presque plus, désormais.

Michael ne rentrera pas de son expédition de chasse avant deux jours. Elle a laissé un message sur le répondeur, mais elle n'a aucun moyen de le joindre quand il est dans la forêt, aucun moyen de le prévenir qu'elle est arrivée en avance. Elle tourne la clé dans la serrure. Lorsqu'elle ouvre la porte, l'alarme se déclenche. Elle tape le code de désactivation sur le boîtier à touches, puis se tourne vers la baie vitrée qui donne sur l'océan. La vue la surprend chaque fois, et davantage encore quand elle s'est absentée plusieurs mois. Il n'y a que de l'eau, à perte de vue. Elle s'arrange toujours pour que l'avion la dépose sur la piste d'atterrissage une heure avant le couchant, pour qu'au moment de rentrer chez elle le ciel soit rose vif, et que le soleil ne soit plus qu'un disque jaune qui se glisse derrière la falaise.

La maison est plongée dans le silence. Elle va à la fenêtre pour observer le paysage. Loin en contrebas, la marée monte, les vagues déferlent sur le sable et se fracassent sur les rochers. Elle contemple l'horizon, puis, lorsqu'elle se tourne de nouveau vers le ciel de l'ouest, quelque chose accroche son regard.

Il y a une inscription sur le flanc d'un rocher, trois mètres au-dessus du ressac. Pour l'atteindre, il aura fallu escalader la falaise, se tenir en équilibre sur l'une des saillies étroites. Les lettres sont d'un rouge brunâtre, mais de si loin elle ne les distingue pas bien.

Elle va au bureau dans l'angle du salon et sort les jumelles du premier tiroir. Elle règle alors la molette pour faire le point.

Lorsqu'elle déchiffre l'inscription au tracé maladroit, ses mains se mettent à trembler. Six lettres seulement.

À L'AIDE.

Michael. C'est forcément lui. Elle fouille la maison du regard, cherche quelque chose, n'importe quoi, qu'elle puisse emmener. L'hôpital le plus proche est à une heure de vol. Est-il encore en vie ? Quand a-t-il laissé ce message ? Il a dû glisser sur le sentier, il doit être pris au piège, là, au bord de la falaise.

Elle court jusqu'à la grille, continue à toute vitesse par le chemin, où de fines branches griffent ses jambes. Les falaises sont à dix minutes maximum. Elle slalome entre les arbres, protège son visage de sa main. Elle lui avait pourtant dit d'emporter des fusées de détresse lorsqu'il partait chasser, lui avait suggéré de s'équiper de talkies-walkies, d'un moyen quelconque de communiquer avec les autres. Pourquoi n'a-t-il pas accepté ? Pourquoi est-il si entêté, si résolu à ce que les parties de chasse soient authentiques, sauvages ?

Du bruit retentit derrière elle. Quelque chose se déplace, se faufile à travers la forêt. Elle se détourne, sur le qui-vive. Sous le soleil déclinant, ce ne sont que deux ombres, qui la prennent en tenaille. Puis elle voit un homme sauter par-dessus un rondin et s'approcher. Il braque son fusil sur elle, la regarde bien en face et lui tire en pleine poitrine.

Elle tombe à la renverse, les yeux levés vers l'épaisse voûte du feuillage. Pendant quelques instants seulement, elle reste consciente, distingue une petite parcelle de ciel rose, puis le visage de Michael au-dessus du sien.

– Qu'est-ce qui s'est passé ? Qu'est-ce que tu as fait ? demande-t-elle.

Michael se tourne vers l'autre homme.

– Ce n'était pas elle ! Ce n'est pas la fille ! s'écrie-t-il d'une voix que la panique rend stridente. Tu viens de tuer ma femme.

41

Le hall de l'hôpital est presque vide. Au plafond, un néon bourdonne. Une femme âgée munie d'une canne est assoupie dans un fauteuil, la tête inclinée de côté, la bouche ouverte. Dans un bureau un peu plus loin, quelqu'un écoute une chanson d'amour.

Tu gardes les yeux baissés. Ayant réussi à retirer de l'argent avec les cartes bancaires de Ben, tu portes une robe à fleurs neuve qui ne plairait pas du tout à Izzy. Tu as aussi acheté de nouvelles lunettes de soleil, et comme tes cheveux sont tirés en chignon serré, tu as couvert ta cicatrice sous un foulard fin. À son bureau, l'infirmière lit un roman, une grosse édition de poche. Tu passes devant en espérant qu'elle ne te verra pas. Tu t'es enfoncée de quelques pas dans le couloir lorsqu'elle t'interpelle :

– Excuse-moi ! Je peux savoir où tu vas ?

Elle se lève, les mains sur les hanches. Corpulente, elle mesure presque une tête de plus que toi, ses courbes remplissent sa tenue médicale rose.

– Je cherche une fille qui s'est fait tirer dessus, expliques-tu. Elle a été admise aujourd'hui.

La femme secoue la tête :

– Peu importe qui tu cherches. Il est presque dix heures.

– Je vous en prie. J'ai téléphoné. Personne n'a rien voulu me dire. J'aimerais juste savoir si elle va bien.

Tu as essayé de chasser l'idée de tes pensées, mais tu en es incapable – elle revient sans cesse à la charge, t'assaille chaque fois que tu songes à fuir Los Angeles. Il est possible qu'ils aient atteint Izzy les premiers. S'ils l'ont découverte là-bas, derrière chez Goss, ils se seront débarrassés du corps. L'ambulance n'aura alors trouvé qu'un carré de terre sèche.

– S'il vous plaît... il faut que je sache.

Elle dresse l'index pour que tu te taises. Puis elle note quelque chose sur un morceau de papier, qu'elle plie et lève devant elle :

– J'ai inscrit le numéro de sa chambre, là-dessus. Mais tu vas devoir me donner son nom. Apparemment, personne ne sait qui est cette fille.

– Donc elle va bien ?

– Pour l'instant, oui.

– Si je vous dis comment elle s'appelle, vous me laisserez la voir ?

– Je t'accorderai dix minutes avant de prévenir la police. Je ne sais pas ce qui lui est arrivé, mais des agents sont déjà venus deux fois dans la journée. J'ai comme l'impression que ça les intéresserait de s'entretenir avec toi.

– Isa Clark, déclares-tu.

Tu fouilles dans ton sac, cherches à tâtons la lettre que tu as rédigée. Dans ta précipitation pour t'enfuir, tu as fait tomber le dossier que tu avais trouvé chez Goss, mais entre-temps tu as noté sur une feuille tout ce qui s'est passé, indiqué le nom d'A&A Enterprises, décrit le compartiment secret dans le placard. Tu as fourni tous les renseignements nécessaires à l'enquête.

La femme te remet le papier, et tu poses l'enveloppe sur le comptoir. Au recto, tu écris *Celia Alvarez, police de Los Angeles*, en espérant qu'elle lui parviendra.

– Ça, c'est pour les policiers, quand ils reviendront.

Aussitôt, tu t'engages dans le couloir et déplies le petit mot. Dessus figure le numéro *701*, souligné deux fois. Tu rases le mur, là où l'angle des caméras de surveillance n'est pas le meilleur pour te filmer. Puis tu tournes et montes par l'escalier pour éviter d'être vue. Lorsque tu arrives à la chambre d'Izzy, une infirmière est là, et tu attends qu'elle parte, cachée derrière la porte d'une armoire de stockage. Tu sens les minutes qui s'égrènent. Tu écoutes les bruits de ses pas sur le carrelage, vérifies si les environs sont vides avant de quitter ta planque.

Izzy est alitée. Des tubes dépassent de partout. Ils serpentent autour d'elle, remontent en sinuant vers une poche de liquide, pendent sous le cadre métallique du lit. Ses yeux sont maintenus fermés par du ruban adhésif. Sa peau a une couleur gris terne, et il te faut consulter le moniteur, regarder les accélérations et ralentissements de son pouls, pour être certaine qu'elle est en vie.

Tu vas près d'elle, touches sa main. Sa peau a une étrange texture parcheminée. La perfusion est piquée dans son bras, son sang a un aspect visqueux sous le ruban transparent. Tu ne parviens pas à savoir si elle se rend compte de ta présence. Tu te contentes de parler, en te penchant vers elle pour qu'elle t'entende :

– Mims devrait venir bientôt. Je suis désolée de t'avoir laissée toute seule. Je suis désolée pour tout.

Tu restes assise, écoutes chacune de ses respirations. Tu vois presque Goss, l'expression de son visage quand il lui a tiré dessus. Tu les revois, Hilary et lui, sur la photo. Tu te rappelles son visage plus distinctement que jamais.

La voix du garçon te revient : « Nous ne sommes pas des assassins. » Cette fois, tu n'en es plus vraiment convaincue. Tu ne songes qu'à Izzy, qui semble si souffrante et si faible, comme si on l'avait vidée de sa vie. Tu presses sa main une dernière fois avant de partir.

42

Dans Union Station, c'est la cohue de l'heure de pointe. Des nuées de voyageurs se bousculent dans le hall principal. Une femme tirant une valise énorme te percute par-derrière. Quelqu'un d'autre t'esquive d'un mouvement vif, en marmonnant des propos qui pourraient t'être adressés, mais tu n'en es pas sûre. Tu ne lèves pas les yeux. Tu poursuis ta progression, en direction d'un des espaces d'attente où il y a moins de monde. Il ne reste qu'un quart d'heure avant le départ de ton train, mais tu sais que ce n'est pas une raison... C'est bien assez pour te faire repérer.

Tu vérifies les informations sur le tableau d'affichage, où chiffres et lettres s'effacent et se réorganisent au gré des départs et des arrivées. *Chicago, Illinois. 23h15. À l'heure.* Dans deux jours, tu seras loin de Los Angeles, dans une nouvelle ville où tu te fondras dans la masse. Tu as envie de croire qu'ils ne te retrouveront pas, qu'ils n'en sont pas capables. Mais ce ne sera peut-être qu'une question de temps.

Que savait Ben ? Quels renseignements leur a-t-il fournis ? Tu as tenté d'analyser la semaine qui vient de s'écouler, disséqué ce que tu lui as confié, essayé de comprendre comment tu as pu ne te rendre compte de rien. Chaque moment passé avec lui te semble faux. Combien de fois t'a-t-il répété que tu étais en sécurité chez lui ? Que connaissait-il que toi tu ignorais ? Te disait-il la vérité, ou était-il inévitable qu'ils viennent te chercher dans cette maison ? Les en aurait-il empêchés ? À quoi bon te garder en vie, sinon ? Ta fuite faisait-elle partie de leur plan – ou s'agissait-il d'autre chose, était-ce son plan à lui ?

Quelques personnes lèvent les yeux sur ton passage, et tu es incapable de déterminer si c'est toi qu'ils regardent ou le panneau en hauteur. Tu fais mine de te recoiffer pour cacher ton visage derrière ta main.

« Quinze minutes », te rappelles-tu.

Plus que quinze minutes. Ensuite, tu seras à bord de ton train, tu t'éloigneras d'ici.

Tous les espaces d'attente s'alignent le long du couloir principal. Tu dépasses le premier, où seules quelques places sont libres. Tu passes aussi sans t'arrêter devant le deuxième et le troisième, jusqu'à ce que tu trouves le plus calme, le moins fréquenté. Tous les sièges sont tournés vers le mur. Dans la salle, il n'y a que trois autres personnes. Deux hommes absorbés par l'écran de leur téléphone, et une femme qui s'est endormie, la tête posée sur son sac à main.

Tu t'assois le plus loin possible d'eux, dos aux voyageurs qui défilent. Une heure s'est écoulée depuis que tu as quitté Izzy. Tu as surveillé le temps qui passait, imaginé les policiers en train d'ouvrir l'enveloppe, d'appeler la grand-mère d'Izzy, et Mims qui arrive à l'hôpital. À l'heure qu'il est, elle doit être auprès de sa petite-fille. Les enquêteurs sont peut-être chez Goss, en train de l'interroger, de chercher le compartiment dans son placard... sauf s'il a trouvé un moyen de le cacher.

– Le train à destination de Chicago entrera en gare dans cinq minutes, annoncent les haut-parleurs.

Quelques personnes s'en vont, certaines tractant des bagages derrière eux.

De l'autre côté de l'allée, tu remarques un SDF qui dort recroquevillé sous trois des sièges. Un des hommes range son portable et se lève, tire une petite valise à roulettes. Mais l'allée est étroite, et il n'a pas la place de passer.

– Qu'est-ce que vous fichez là-dessous ? Vous bloquez le passage !

L'homme se baisse et soulève sa valise en bougonnant.

L'autre s'extirpe de son abri de fortune, attrape un sac posé par terre à côté de lui. Il s'époussette et se lève, sort un billet de train de sa poche. Puis il relève la tête, essaie d'apercevoir le tableau d'affichage. Vos regards se croisent, et soudain il n'y a plus que vous deux. Ce sont ses yeux

– marron, limpides, chaleureux. Ce sont ses joues, ses lèvres, que tu as embrassées des centaines de fois. Les deux grains de beauté sur sa pommette droite. Ses cheveux sont plus longs, ils tombent sur ses sourcils, mais tu le reconnaîtrais entre tous.

Le bas de son tee-shirt est déchiré. Son pantalon est très sale. Tu regardes son poignet, et tu repères le tatouage qui dépasse sous une montre de plastique. Le carré comporte un numéro et un symbole propres, même si tu ne parviens pas à les déchiffrer.

Le garçon te scrute, considère tes vêtements, ton chignon lisse, le foulard autour de ton cou. Tu relèves ton bracelet de cuir, lui montres ton poignet, en tournant ta main de sorte que personne d'autre ne puisse le voir.

– Toi, dit-il enfin. C'est toi.

Puis il sourit. Tu es à peine capable de respirer tant tu éprouves de sentiments pour lui, cet inconnu, le garçon que tu voyais dans tes rêves.

– Tu es là, déclares-tu alors qu'il s'approche de toi. Tu existes pour de vrai.

REMERCIEMENTS

Ce roman n'aurait pu exister sans le soutien attentionné de nombreuses personnes. Tout d'abord, un immense merci à toute l'équipe d'Alloy Entertainment. À Les Morgenstein, pour m'avoir poussée à retravailler les premiers chapitres, ce qui m'a vraiment permis de trouver le ton. À Josh Bank, pour le grand enthousiasme qu'il a témoigné à ce projet, et pour tous ses tweets d'encouragements (« you are the Walrus, kou kou katchou[1] »). À Sarah Chandler pour ses corrections méticuleuses, pour avoir su pointer ce qui nous

1. Référence à *I am the Walrus,* célèbre chanson des Beatles.

avait échappé, ainsi que pour sa perspicacité et sa patience lors de notre relecture de dernière minute. Merci aussi à Joelle Hobeika, éditrice et amie, pour sa confiance et son soutien sans faille, et pour être une nana d'enfer. Merci de m'avoir convaincue de me plier à ladite relecture, en me certifiant que le livre serait meilleur, que j'y étais presque, et que ça en vaudrait la peine (ça a été le cas).

À Sarah Landis, mon éditrice chez HarperCollins, pour sa patience et ses encouragements pendant que ce roman s'étoffait pour devenir ce qu'il est maintenant. Tu l'as adoré dès le début et tu as été la première à t'exclamer : « Bingo ! La deuxième personne, ça fonctionne ! » Ça a beaucoup compté pour moi. J'adresse toute ma gratitude à Kristin Marang, pour m'avoir aidée concernant tout ce qui se rapporte au numérique. À Heather Schroder, agent et confidente, pour son excellent travail et ses conseils avisés.

Ma plus sincère reconnaissance aux amis proches qui ont lu mes toutes premières pages et m'ont fait savoir que je tenais quelque chose... même si je ne savais pas très bien quoi. Toute mon affection et mes remerciements à Lauren Kate Morphew, Aaron Kandell, et Allison Yarrow. À Amy Plum et Natalie Parker, qui ont pris le temps de relire mon texte alors qu'elles étaient déjà occupées avec les leurs. Un merci particulier à l'inimitable Josie Angelini, superhéroïne de tous les auteurs de romans destinés aux jeunes adultes, pour les notes qui ont inspiré cette dernière mouture.

J'ai la chance de pouvoir compter sur un vaste réseau d'amis et de proches, qui m'aident à garder la tête sur les épaules et les pieds sur terre dans le tourbillon de la vie.

À Veronica Rossi, Tahereh Mafi et Cynthia Hand, avec qui j'ai voyagé lors de tournées de promo : je suis heureuse de vous compter parmi mes amies. Toute ma tendresse et mes remerciements à : Lanie Davis, Anna Zupon, Jess Dickstein, Katie Sise, Jackie Fechtmann, Ally Paul, Ali Mountford, Amy Hand, Dana Nichomoff, Laurie Porter, Connie Hsiao, Deb Gross, Melva Graham, Talia Reyes, Priya Ollapally, Jordan Kandell, Jon Fletcher, et Corynne Cirilli. Comme toujours, mille baisers à ma famille de la côte Est, qui lit chacun de mes livres et m'encourage sans relâche. À mon frère Kevin, consultant médical, ami et imprésario : celui-là, je te le dédie. Enfin, à mes parents, Tom et Elaine, pour votre amour et votre soutien sans limites.

Anna Carey

Cet ouvrage a été mis en pages
par DV Arts Graphiques à La Rochelle

Impression réalisée par
ROTOLITO LOMBARDA SPA
en mars 2015

Imprimé en Italie